芥川・太宰に学ぶ

心をつかむ文章講座

名文の愉しみ方・書き方

出口汪
Hiroshi Deguchi

水王舎

芥川・太宰に学ぶ　心をつかむ文章講座

出口　汪

はじめに

人の心をつかみたいと、あなたはそう思いませんか。

そんな文章を自在に書くことができたなら、どんなにステキでしょう。

あなたの書く文章が愛する人や大切な人の心をつかむことができたなら……。

ビジネス相手の心をつかみ、成功することができたなら……。

あなたの文章が大勢の人を魅了し、ブログ、フェイスブックなどで多くのアクセスを獲得できたなら……。

そう願っている人は少なくないはずです。

今の時代は、かってないほど不特定多数の読み手に向けて「書く」という行為が日常的なものになっています。

誰もが作家になる時代なのです。

これは誰もが自分史を書き始めるとか、小説家になるという意味ではありません。ほんの少し前までは、「書く」とは手書きのことで、読み手は家族、恋人、友人など、特定の誰かに他なりませんでした。

しかし今や誰もがメールやブログ、フェイスブックなどで情報を発信する時代となったのです。これらは「手書き」の時代のように特定の誰かにではなく、不特定多数の読み手に向けて書くことを意味します。

少し前までは、初対面で名刺を交換したなら、相手の肩書きを見て人となりを判断したものでした。ところが、今やグーグルで検索して、その人のブログなどを読むことが多くなりつつあります。

そのときどんなに立派な肩書きでも、その人の書いた文章が稚拙《ちせつ》だったら、とたんにビジネス相手として物足りなく感じます。

ところが、たとえばまだ若くそれほど重要なポジションではなくても、その人が魅力的な文章を書いていれば、一緒に仕事をしたいと思うものです。

はじめに

お金も人脈もない無名の人の書いた文章が、ツイッターやフェイスブックなどで拡散され、一躍有名人になることも珍しくなくなりました。

ビジネスにおいても、ソーシャルメディアを利用して情報を発信することが、主流となりつつあります。

つまり、誰もが作家となる時代が到来したということなのです。今の時代は不特定多数の読み手に対して、より魅力的な文章を書くことができる人が成功すると言っても、決して過言ではありません。

それなのにほとんどの人は文章を磨こうとせず、毎回決まり切った、何の変哲もない、あるいは何の特色もない文章を繰り返し書いて、平然と暮らしているのです。

それが私には不思議でなりません。

文章はやはり勉強をしなければ、今まで通りの文章しかいつまでたっても書くことができないのです。

昔からプロの書き手は文章の修行を欠かすことはありませんでした。不特定多数の読み手に読んでもらうためには、それなりの文章術を磨く必要があるのです。

もちろん、人が必要とする貴重な情報や、誰もが感動する話、面白い内容のものを書けば多くの人々の関心を惹《ひ》きつけますが、そのようなネタはそうどこにでも転がっているものではありません。

文章のうまい人は平凡な話でも人を引き込んだり、唸らせたりするものです。読み手が思わず「うまいなぁ」とか、「ステキだ」と感じる文章を書けたら、どんなに書くことが楽しくなるでしょうか。

そんな人の心をつかむ文章術をあなたも身につけたいと思いませんか。


では、どうすれば文章がうまくなれるのでしょうか?

やはり何事も模倣から入ることがもっとも有効な方法です。よほどの文才がない限り、私たちの書く文章はめったに変化しないものです。その結果、私たちは相も変わらずワンパターンの文章を書き続けることになります。

そこで名文家の文章や表現方法、あるいはものの捉《とら》え方を学ぶことが必要となってきます。まずは天才たちの文章を模倣することから始めましょう。すると、今まで自分の中になかったものの見方や表現方法がしだいに身につき、それによって感性が磨かれ、豊富な表現が自然と溢れ出すようになってくるのです。

昔からプロの作家は命がけで文章を磨いていました。彼らは自分の文章で、いかに大勢の人たちの心を惹きつけられるか、そこにすべての情熱を注いでいたのです。

作家志望の人は名文と言われる作家の文章を書き写すことで、その作家の息づかい、文体などを学んできました。

もちろん全員がプロの作家を目指しているわけではありませんから、そこまでする必要はありませんが、文豪の作品から人の心をつかむ文章や、気の利いたフレーズ、表現を学ぶことは、今の時代では大いに役立つことになるのです。

それでは、どんな作家から文章を学べばいいのでしょうか?

読む人の心をつかむためには、おもに二つの方法があります。

一つは論理的に読者を納得させる手法、もう一つは感性に訴える手法です。私たちは文章を読んで、なるほどと思い、その主張が腑《ふ》に落ちたなら、その文章や著者に魅了されることになります。

しかし人間は理屈だけではなかなか感動しません。感性を揺さぶられたり、理屈を超えたところで書き手に共鳴したいと願うものです。そういった文章もやはり心をつかむことができます。

そんなことができる名文家と言えば、まず芥川龍之介《あくたがわりゅうのすけ》（一八九二～一九二七）と太宰治《だざいおさむ》（一九〇九～四八）の名前が頭に浮かんでくるのではないでしょうか。

二人とも若くして自殺したという共通点がありますが、様々な文体を駆使して、実験的な文章を書いたという点でも似通っています。

ただし芥川は理知的で精緻な文章、太宰は情感のこもった自由奔放な文章と、その表現方法は対照的です。大胆にいえば、芥川は論理的な手法、太宰は感性的な手法を駆使した作家だと言えるでしょう。

決まり切った表現方法にうんざりしているならば、二人の文豪から文章を学んでみるのがおすすめです。

第一、芥川も太宰も、その文学はとびきり面白いのです。

それにしても、なぜ芥川と太宰なのか。『火花』で第一五三回芥川賞を受賞した又《また》吉《よし》直《なお》樹《き》さんが受賞式のスピーチで、芥川と太宰を読んで文章を磨いたという話をされましたが、私はそれを聞いて納得しました。

まさに又吉直樹さんの文学的ルーツは、芥川と太宰という二人の作家であり、芥川の論理性と、太宰の感性を併せ持った作家が、又吉直樹だと言えるかもしれませんね。もちろん、『火花』はまだ純文学作品としては処女作なので、これからの作品を読んでみないと分かりませんが、少なくとも作家としての体質は二人の文豪から受け継いだという痕跡が至るところに見られます。

実は以前から、私もこの二人の文豪から表現を学ぶことが、文章を磨く上でもっとも効果的だと考えていたのです。

芥川と太宰は文章を教えてくれる、あなたの最高の家庭教師です。

芥川と太宰はまさに言葉を操る天才であり、しかも、その表現は斬新で、現代でも通じるものです。

もし豊かな表現が出てこないなら、彼らの気の利《き》いた表現を利用すればいいのです。それは彼らのものの捉え方や感性を自分の中に受け入れていくことになります。新しい表現は自分の凝り固まった感性を刺激し、固定化された世界観に揺さぶりをかけることになります。

そこから、あなただけの新しい表現の可能性が芽吹《めぶ》いてくるはずです。

本書は、つぎのような人たちのために書かれました。

論理力を鍛え、感性を磨きたい人
人を惹きつける文章を書きたい人
決まり切った表現に飽き飽きしている人
ソーシャルメディアで情報発信する人
文章がうまくなりたい人

はじめに

異性の心を揺さぶるラブレターを書きたい人
芥川・太宰に関心を抱いている人
文学に触れてみたい人
作家を目指している人
自分史を書きたい人

芥川と太宰に学ぶことで、「心をつかむ文章術」を手に入れませんか？

私と一緒に、芥川と太宰の文学ワールドに足を踏み入れ、その豊穣《ほうじょう》な世界を楽しみませんか？

私が道案内人として、二人の文豪の作品を文章術という観点から切り取り、一番美味しいところをもっとも食べやすいように料理してみせましょう。

出口 汪

芥川・太宰に学ぶ　心をつかむ文章講座◉目次

はじめに　3

プロローグ　文豪の文章術を盗もう　17

芥川賞と二人の作家　18
芥川と太宰──作風の秘密　20

第1章　芥川に学ぶ論理的な文章術　25

「論理」があってこその「共感」　26
超絶技巧！　芥川の『蜜柑』に学ぶ　34
読者を誘導する計算づくの文章　38
「不可解な、下等な、退屈な人生」とは？　41
時代背景を知れば理解が深まる　43

クライマックスに向けて　47
二重、三重の含みと余韻　51

第2章 太宰に学ぶ自由奔放な文章術——55

太宰の文章は変幻自在　56
大切なことはストレートに書く　57
具体的な記述で相手の心をつかむ　62
太宰流「告白体」で気持ちを伝える　66
道化——人間への最後の求愛　69
堕天使の苦悩　75
読者を手のひらの上で操る文章術　80

第3章 芥川に学ぶ視点を変える文章術——85

真相はいつも「藪の中」　86
多角的な視点で現実を切り取る　88

一行で息詰まる家庭の空気を活写 92
寝たきり老人とその愛人 97
家族外の人物の視点を導入 105
悲劇の結末 114
「世界の捉え方」が文章力を決める 122

第4章 太宰に学ぶ魂を表現する文章術 127

金持ちでイケメンなのになぜ悩む? 128
革命家になりたくてもなれない男 130
共産党活動からの逃避と芥川の死 134
鎌倉心中事件 139
演じられた人生の果てに 145
小説の悪魔にとりつかれて 151
鎌倉縊死事件 153
人の情を知り、生きようと思うが… 158
人間、失格! 163

どん底の、さらにどん底へ　165
水上温泉心中　172
見合い結婚、そして日本は戦争へ　179

第5章　芥川に学ぶ重厚な文章術

読書体験から文章を練り上げた作家　182
名作を読んで文章を磨く　184
現実よりも本が人生の師　187
心をつかむ二つの技巧　189
芥川にも『火花』という作品が　195
舞台装置としての文章術　197
「ではさようなら」――芥川の遺書　202
極限まで神経を研ぎ澄ます文章術　205
自殺直前の芥川の孤独　208
神と狂気　211
もう一つの遺稿の書　215

最後に〝見た〟鬼気迫る光景 217

第6章 太宰に学ぶ演技としての文章術 221

心をつかむ文章術を学ぶための近道 222
富士の麓へ魂救済の旅 226
太宰のお見合い 230
か弱いもの、けなげなものに寄り添う 233
太宰文学最大の謎とは？ 237

第7章 出口 汪×齋藤 孝
なぜ芥川と太宰はすごいのか？ 241

おわりに 254

プロローグ

文豪の文章術を盗もう

芥川賞と二人の作家

又吉直樹さんが受賞したことで話題となっている芥川賞ですが、実は賞に自分の名前がついている芥川龍之介だけでなく、太宰治もこの賞と深く関わり合っています。

芥川賞は、芥川とともに文芸誌『新思潮』に参加した菊池寛《きくちかん》（一八八八〜一九四八）が創設した、文学の新人賞です。菊池寛は雑誌『文藝春秋』を私費で刊行して、大成功を収め、日本文藝家協会を設立します。

芥川の死後、その名にちなんで芥川賞を、また、大衆文芸作家の直木三十五にちなんで直木賞を設立したのです。

一方、太宰治は第一回芥川賞候補に選ばれます。当時の彼はパビナールという薬物中毒にかかっていて、一種の狂乱状態に陥っていました。知人、友人からも借金を重ね、薬ほしさに真っ昼間から銀座をめそめそ泣きながら彷徨《さまよ》ったといいます。

太宰は芥川賞受賞に一縷《いちる》の望みをかけていました。受賞することで、薬を買うお金が入ってくるとでも思ったのでしょうか。

ところが、落選。その時の選考委員である川端康成の「作者、目下の生活に嫌な雲あり」といった選評を読んだ太宰は激怒し、文芸誌上で「小鳥を飼い、舞踏を見るのがそんなに立派な生活なのか」と反論します。

結局、太宰は喉から手が出るほどほしがった芥川賞を、最後まで受賞することはできませんでした。

又吉直樹さんは芥川と太宰の二人から文章を学んだと言います。芥川龍之介の名前にちなんだ賞と、それを欲しくて欲しくて身もだえしながら、でも結局それを手にすることができなかった太宰治。そして、その二人の作家から文学を学んで芥川賞を受賞した又吉直樹さん。

考えてみれば、何と不思議な巡り合わせでしょう。

芥川と太宰――作風の秘密

芥川龍之介ほど理知的な作家はめったに存在しません。彼の作品の多くは彼の人生というよりも、彼の膨大な読書経験の中から生み出されたと言っても過言ではありません。

「人生は一行のボオドレエルにも若《し》かない」

これは、彼の自伝的作品である『或《ある》阿《あ》呆《ほう》の一生』の一節ですが、人生なんて、ボードレールの一行の詩ほどの価値もないという意味です。

逆に言うと、人の一生は一瞬だが、文学は永遠の命を持つから、人生よりもはるかに価値があるということです。

それほど芥川は人生経験よりも、むしろその明晰な頭脳で文章を書いた人なのです。

私たちは芥川龍之介の文章から、理知的で論理的、さらに教養溢れる文章の書き方を学ぶことができます。

しかし、晩年の芥川はしだいに行き詰まっていき、やがて彼のもっとも得意とするストーリーの面白さを捨てることで、「純粋小説」という新たなジャンルの小説を生み出していくのです。

特に死後発表された『或阿呆の一生』『歯車』は神経だけで書いたような、日本文学の極北とも言うべき作品です。

そして、昭和二年（一九二七）、三五歳の若さで、芥川は自ら命を絶ちます。その芥川の名前を冠に付けた文学賞が「芥川賞」なのです。

芥川龍之介と対照的な作風なのが、太宰治です。太宰は書物よりも、経験から文章を書いた作家です。

「小説家には、聖書と森鷗外全集があればじゅうぶんだ」と言い切ったくらいですから。

まさに太宰は人生そのものから言葉を紡ぎ出していったのです。現に、芥川の小説の大半が三人称で書かれているのに対して、太宰の小説はほとんどが「私」という一人称です。

「私」が読者であるあなたに直接語りかけるような告白体で書かれています。


太宰の処女短編集が『晩年』です。

昭和一一年（一九三六）刊行ですが、当時太宰は二七歳、『晩年』に収録された作品はおもに昭和八年から一〇年にかけて執筆したものとされています。

まだ二七歳での処女作品に、なぜ『晩年』という題を付けたのか？

そこに太宰文学の鍵があります。実は太宰はこの作品集を書き上げた後に自殺するつもりでした。

まさに彼の小説は「遺書」として書かれたものだったのです。翌昭和一二年、太宰はカルモチン服毒自殺未遂事件を起こしています。

生涯に五度にわたって自殺を企て、そのうち三度が心中です。そうした人生上の苦悩が言葉となり、作品となっていったのです。

太宰は青森随一の大富豪の家に生まれました（青森県北津軽郡金木村《かなぎ》）。成績も良く、容姿端麗、才能もあったのに、逆にそのことで悩み苦しみ、高校時代に服毒自殺を図ります。思想的自殺です。やがて、太宰は当時非合法であった共産党活動に入っていきます。

ところが、しだいに共産党活動に絶望していきます。自分は輝かしきプロレタリアートにはなれない、ギロチンにかかる側の人間なのだ、そう思い悩んだ太宰はやがて共産党活動から離脱していったのですが、その時の罪悪感が終生彼を苦しめたことと思われます。

大学在学中に人妻だった田部シメ子と心中。シメ子だけが死に、結局は太宰ひとりが生き残りました。

その後、遺書として作品を書き始め、しだいに文壇に出て行ったのですが、『逆行』が第一回芥川賞の候補になり、落選します。その後、就職試験に失敗し、またもや自殺未遂。

さらに薬物中毒の果てに、半強制的に入院させられ、ようやく退院したと思うと、今度は内縁の妻、小山初代の裏切りを知り、結局二人で心中しますが、これも失敗。昭和一四年（一九三九）小説の師匠である井伏鱒二《いぶせますじ》の媒酌《ばいしゃく》で、石原美知子と結婚。この時、井伏に「再び破婚を繰り返した時には私を完全の狂人として棄てて下さい」と、結婚誓約書を提出しています。

戦時中は旺盛な創作意欲で、『富嶽百景』『走れメロス』『駆込み訴え』など、多くの傑作を生み出したのですが、終戦後、再び狂乱状態に戻り『斜陽』『人間失格』とベストセラーを書いた後、昭和二三年（一九四八）、三九歳の若さで、山崎富栄と玉川上水に入水《じゅすい》自殺をしました。

二人の作家の経歴をほんの少し紹介しただけでも、まさに波瀾万丈《はらんばんじょう》、そこから生み出された作品群が面白くないはずがありません。

それらをじっくりと楽しみながら、彼らの文章術を盗むことで、「心をつかむ」文章術を磨きましょう。

第1章

芥川に学ぶ論理的な文章術

「論理」があってこその「共感」

「心をつかむ」文章を書くには、たとえどれだけ感覚的な文章でも、あるいはレトリックに富んだ技巧的な文章だったとしても、その背後にしっかりした論理性がなければ、読む人の共感を得ることはできません。

実は芥川の文章は語彙が豊富で、教養に満ちあふれたものですから、一見難解に見えるのですが、意外と読みやすいのが特徴です。それは、やはり論理という武器を駆使しているからです。

したがって文章の上達には、芥川龍之介を家庭教師にすることがもっとも効果的です。技巧的な文章というのは一見まねできないように思えますが、実は技術は修練を積めばそれを取り入れることが可能なのです。

だから、論理的な文章を書く際のお手本になるのです。さらに、芥川は太宰同様、様々な文体を駆使して書いているので、その作品は文章の見本市のようなありさまです。しかも、そのほとんどが短編なので、読むのに根気と時間はあまり必要ありません。

ぜひ芥川の文章術を学んで、あなたの文章をワンランク・アップさせましょう。

大正九年（一九二〇）、芥川が二八歳の時に発表された『舞踏会』という短編があります。

明治一九年（一八八六）、主人公の明子は一七歳の令嬢、父に連れられて生まれて初めて鹿鳴館《ろくめいかん》の舞踏会に出かけます。

期待と不安に打ち震える中、明子はフランスの海軍将校からダンスに誘われます。

一時間の後、明子と仏蘭西《フランス》の海軍将校とは、やはり腕を組んだまま、大勢の日本人や外国人と一しょに、舞踏室の外にある星月夜の露台《ろだい》に佇《たたず》んでいた。

欄干《らんかん》一つ隔てた露台の向うには、広い庭園を埋めた針葉樹が、ひっそりと枝を交し合って、その梢《こずえ》に点々と鬼灯提燈《ほおずきぢょうちん》の火を透かしていた。しかも冷やかな空気の底には、下の庭園から上って来る苔の匂いや落葉の匂いが、かすかに寂しい秋の呼吸を漂わせているようであった。が、すぐ後ろの舞踏室では、やはりレエスや花の波が、十六菊を染め抜いた紫縮緬《ちりめん》の幕の下に、休みない動揺を続けていた。そうしてまた調子の高い管絃楽のつむじ風が、相変らずその人間の海の上へ、用捨《ようしゃ》もなく鞭《むち》を加えていた。

勿論この露台の上からも、絶えず賑《にぎ》やかな話し声や笑い声が夜気を揺すっていた。まして暗い針葉樹の空に美しい花火が揚がる時には、ほとんど人どよめきにも近い音が、一同の口から洩れたこともあった。その中に交じって立っていた明子も、そこにいた懇意の令嬢たちとは、さっきから気軽な雑談を交換していた。が、やがて気がついて見ると、あの仏蘭西の海軍将校は、明子に腕を借したまま、庭園の上の星月夜へ黙然と眼を注いでいた。彼女にはそれが何となく、郷愁でも感じているように見えた。そこで明子は彼の顔をそっと下から覗きこんで、「お国のことを思っていらっしゃるのでしょう。」と半ば甘えるように尋ねてみた。

するとと海軍将校は相変らず微笑を含んだ眼で、静かに明子の方へ振り返った。そうして「ノン」と答える代りに、子供のように首を振って見せた。

「でも何か考えていらっしゃるようでございますわ。」

「何だか当てて御覧なさい。」

その時露台に集まっていた人々の間には、またひとしきり風のようなざわめく音が起こり出した。明子と海軍将校とは言い合せたように話をやめて、庭園の針葉樹を圧している夜空の方へ眼をやった。そこにはちょうど赤と青との花火が、蜘蛛手《くもで》に闇を弾《はじ》きながら、まさに消えようとするところであった。明子にはなぜかその花火が、ほとんど悲しい気を起こさせるほどそれほど美しく思われた。

「私は花火のことを考えていたのです。我々の生《ヴィ》のような花火のことを。」

しばらくして仏蘭西の海軍将校は、優しく明子の顔を見下ろしながら、教えるような調子でこう言った。

『舞踏会』

短い文章ですが、情景描写が実に論理的な構成でできあがっていて、そのために
その情景が脳裏にくっきりと浮かび上がります。
明子とフランスの海軍将校は露台（バルコニー）にたたずんでいて、まずこの露
台と欄干の外の景色が明確に書き分けられています。
「欄干一つ隔てた露台の向うには、広い庭園を埋めた針葉樹が、ひっそりと枝を交
し合って、その梢に点々と鬼灯提燈の火を透かしていた。」
次に、芥川はこの露台と下の景色を動的に書き分けています。
「しかも冷かな空気の底には、下の庭園から上って来る苔の匂いや落葉の匂いが、
かすかに寂しい秋の呼吸を漂わせているようであった。」
最後に、今度はこの露台と中の舞踏会場とも書き分けています。
「が、すぐ後ろの舞踏室では、やはりレエスや花の波が、十六菊を染め抜いた紫縮
緬の幕の下に、休みない動揺を続けていた。そうしてまた調子の高い管絃楽のつむ
じ風が、相変らずその人間の海の上へ、用捨もなく鞭を加えていた。」
このように芥川は情景描写にせよ、ただ見たままを描くのではなく、全体のデッ

サンを描くように、二人がたたずむ露台を、中の舞踏会場、欄干の外の夜の景色、露台の下の景色と、論理的な構図でもって描写しています。そうした絵画的手法のために、私たちは明子が今どんな場所にいるのかを鮮明に読み取ることができるのです。

しかも、視覚的な表現だけでなく、苔や落ち葉の匂い、管弦楽の音など、嗅覚や聴覚にも刺激を与える描写を加えています。

何も小説の描写だけでなく、私たちはただ思いつくままに、文章を書き連ねがちです。

しかし、芥川は描きたい情景をいったん整理し、どのような構図で説明すれば読者の脳裏に鮮明に刻み込まれるのか、まるで風景画をデッサンするように計算づくの上で描写するのです。

それだけに、芥川の文章は論理性が高く、完成されたものだと言えるでしょう。

明子は今この露台にフランスの将校と寄り添っています。将校はいつのまにか黙って夜空を見詰めているのですが、その時、二人の目に映った花火の描写は簡潔ですが、非常に象徴的です。

「明子と海軍将校とは言い合せたように話をやめて、庭園の針葉樹を圧している夜空の方へ眼をやった。そこにはちょうど赤と青との花火が、蜘蛛手に闇を弾きながら、まさに消えようとするところであった。明子にはなぜかその花火が、ほとんど悲しい気を起こさせるほどそれほど美しく思われた。」

花火は美しいと同時に、明子の目にはもの悲しく映ったのです。そして、明子の耳には将校の言葉が聞こえます。

「私は花火のことを考えていたのです。我々の生《ヴィ》のような花火のことを。」

さて、この将校のセリフにはどのような意味が考えられるでしょう。芥川はそれをあえて説明しようとはしません。だからこそ、そこに奥行きや広がりが感じられ、それぞれの読者の中で様々な意味に変換されるのです。

なぜ花火が悲しいのか?

それは夜空にいっぱい花開いたその瞬間、さっと散って消えてしまうからです。

将校は、我々の生を花火のようだと指摘しました。まだ若い将校も、そして青春の真っ盛りの美しい明子も、夜空に花開いた花火のように、いずれは、はかなく消えていく運命にあります。

また花火は二人の恋の行く末を暗示していると、フランスの将校は考えたのかもしれません。なにしろここは日本で、彼はいずれフランスに帰って行かなければならないのですから。

いや、二人の関係はこの場限りで、情熱的な恋にまで発展しないのかもしれません。

でも、この瞬間が美しければ美しいほど、次の瞬間はかなく消えていく悲しさが際立つことになります。やはり花火は美しいと同時に、もの悲しいものなのでしょう。

心をつかむフレーズ

私は花火のことを考えていたのです。我々の生《ヴィ》のような花火のことを。

超絶技巧！　芥川の『蜜柑』に学ぶ

芥川龍之介はまれに見る明晰な頭脳で作品を書きました。明確な主題、見事な構成、そして美しい文体と、完璧なほどに完成された、ある意味で人工的な作品だと言えるでしょう。

天性の才能は学ぶのが難しいものですが、技巧ならば後天的に学ぶことができます。芥川の文章が技巧的であればあるほど、逆に、私たちはその技術を学び取ることが可能なのです。

では、大正八年（一九一九）に発表された短編『蜜柑《みかん》』を読んでいきましょう。

ある曇った冬の日暮である。私は横須賀発上り二等客車の隅に腰を下して、ぼんやり発車の笛を待っていた。とうに電燈のついた客車の中には、珍らしく私のほかに一人も乗客はいなかった。外を覗くと、うす暗いプラットフォームにも、今日は珍しく見送りの人影さえ跡を絶って、ただ、檻《おり》に入れられた小犬が一匹、時々悲しそうに、吠え立てていた。これらはその時の私の心もちと、不思議なくらい似つかわしい景色だった。私の頭の中には云《い》いようのない疲労と倦怠とが、まるで雪曇りの空のようなどんよりした影を落していた。私は外套のポケットへじっと両手をつっこんだまま、そこにはいっている夕刊を出して見ようと云《い》う元気さえ起らなかった。

『蜜柑』

冒頭、芥川らしき主人公「私」の心情が、明確に提示されています。

「云いようのない疲労と倦怠」が私の頭の中を支配していたのです。この時点では、なぜこのような憂鬱な心情なのか明らかにされていません。

ただその時の心情を投影した風景として、「外を覗くと、うす暗いプラットフォームにも、今日は珍しく見送りの人影さえ跡を絶って、唯、檻に入れられた小犬が一匹、時々悲しそうに、吠え立てていた。」とあります。

が、やがて発車の笛が鳴った。私はかすかな心の寛《くつろ》ぎを感じながら、後の窓枠へ頭をもたせて、眼の前の停車場がずるずると後ずさりを始めるのを待つともなく待ちかまえていた。ところがそれよりも先にけたたましい日和下駄《ひよりげた》の音が、改札口の方から聞え出したと思うと、間もなく車掌の何か云い罵《ののし》る声と共に、私の乗っている二等室の戸ががらりと開いて、十三四の小娘が一人、慌《あわただ》しく中へはいって来た、と同時に一つずしりと揺れて、徐《おもむろ》に汽車は動き出した。一本ずつ眼をくぎって行くプラットフォームの柱、置き忘れたような運水車、それから車内の誰かに祝儀の礼を云っている赤帽――そう云うすべては、窓へ吹きつける煤煙の中に、未練がましく後へ倒れて行った。私は漸《ようや》くほっとした心もちになって、巻煙

草に火をつけながら、始めて懶《ものう》い瞼《まぶた》をあげて、前の席に腰を下していた小娘の顔を一瞥《いちべつ》した。

『蜜柑』

さて、問題の小娘の登場です。

汽車はようやく動き出し、私は「かすかな心の寛ぎ」を感じます。

「一本ずつ眼をくぎって行くプラットフォームの柱、置き忘れたような運水車、それから車内の誰かに祝儀の礼を云っている赤帽――そう云うすべては、窓へ吹きつける煤煙の中に、未練がましく後へ倒れて行った。」

非常に動きのある描写ですね。汽車が動き出すにつれ、徐々に窓の外の景色が通り過ぎていくのです。これを見ている「私」の心情も「漸くほっとした心もち」とあるので、小娘さえ登場しなかったなら、「私」は汽車の中でゆったりとした時間を過ごせたのかもしれません。

さて、「私」の心情の変化に注目してください。

心をつかむフレーズ

そう云うすべては、窓へ吹きつける煤煙の中に、未練がましく後へ倒れて行った。

読者を誘導する計算づくの文章

それは油気のない髪をひっつめの銀杏返《いちょうがえ》しに結って、横なでの痕《あと》のある皸《ひび》だらけの両頬を気持の悪い程赤く火照《ほて》らせた、いかにも田舎者らしい娘だった。しかも垢じみた萌黄《もえぎ》色の毛糸の襟巻《えりまき》がだらりと垂れ下った膝の上には、大きな風呂敷包みがあった。そのまた包みを抱いた霜焼けの手の中には、三等の赤切符が大事そうにしっかり握られていた。私はこの小娘の下品な顔だちを好まなかった。それから彼女の服装が不潔なのもやはり不快だった。最後にその二等と三等との区

別さえも弁《わきま》えない愚鈍《ぐどん》な心が腹立たしかった。だから巻煙草に火をつけた私は、一つにはこの小娘の存在を忘れたいと云《い》う心もちもあって、今度はポッケットの夕刊を漫然と膝の上へひろげて見た。するとその時夕刊の紙面に落ちていた外光が、突然電燈の光に変って、刷《すり》の悪い何欄かの活字が意外なくらい鮮《あざやか》に私の眼の前へ浮んで来た。云《い》うまでもなく汽車は今、横須賀線に多いトンネルの最初のそれへはいったのである。

『蜜柑』

小娘に対する辛辣な描写が続きます。

「横なでの痕のある皸だらけの両頰を気持の悪い程赤く火照らせた」「いかにも田舎者らしい」「下品な顔だち」「服装が不潔なのもやはり不快」

これらは客観描写ではなく、あくまで「私」の視点で描かれたものであり、そこには小娘に対する「私」の主観的な感情が入っています。

「最後にその二等と三等との区別さえも弁《わきま》えない愚鈍な心が腹立たしかった。」

これは決定的な文章ですが、読み手はこうした「私」に寄り添ってこの小娘の姿を脳裏に描くわけです。芥川はこのように意図的に、計算尽くで、読み手を自分が望む方向に誘導していきます。

ここで注意しておかなければならないことは、この小説が大正八年に発表されたものだということです。

当時は今と異なり、蒸気機関車の客室には一等、二等、三等という区別がありました。小娘は三等の切符しかないのに、二等の客室に入ってきたということは、汽車にはそうした区別があることさえ知らなかったのでしょう。そこから、おそらく娘は生まれて初めて汽車に乗ったのだと思われます。

それを「私」は、「愚鈍な心」と決めつけます。「私」はその小娘の存在を忘れようと、新聞に目を通し始めます。

心をつかむフレーズ

最後にその二等と三等との区別さえも弁えない愚鈍な心が腹立たしかった。

「不可解な、下等な、退屈な人生」とは？

しかしその電燈の光に照らされた夕刊の紙面を見渡しても、やはり私の憂《ゆう》欝《うつ》を慰むべく、世間は余りに平凡な出来事ばかりで持ち切っていた。講和問題、新婦新郎、涜職《とくしょく》事件、死亡広告——私はトンネルへはいった一瞬間、汽車の走っている方向が逆になったような錯覚を感じながら、それらの索漠《さくばく》とした記事から記事へほとんど機械的に眼を通した。が、その間も勿論《もちろん》あの小娘が、あたかも卑俗な現実を人間にしたような面持《おもも》ちで、私の前に坐《すわ》っている事を絶えず意識せずにはいられなかった。このトンネルの中の汽車と、この田舎者の小娘と、そうしてまたこの平凡な記事に埋《うずま》っている夕刊と、——これが象徴でなくて何であろう。不可解な、下等な、退屈な人生の象徴でなくて何であろう。私は一切がくだらなくなって、読みかけた夕刊を抛《ほお》り出すと、また窓枠に頭をもたせながら、死んだよう

『蜜柑』

に眼をつぶって、うつらうつらし始めた。

新聞には「卑俗な現実」が並べ立てられていました。ここで「あの小娘が、あたかも卑俗な現実を人間にしたような面持ちで、私の前に坐っている」と書くことによって、芥川は「私」が小娘を嫌っているのは、その小娘が「卑俗な現実」そのものだと感じているからだと示します。

「このトンネルの中の汽車と、この田舎者の小娘と、そうしてまたこの平凡な記事に埋っている夕刊と、——これが象徴でなくて何であろう。不可解な、下等な、退屈な人生の象徴でなくて何であろう。」

つまり、「私」が嫌悪しているのは、まさに「人生」そのものだったことが、ここでようやく明らかにされたのです。

「不可解な、下等な、退屈な人生」とあることに注意しておいてください。

さて、次の場面から、物語が動き始めます。

心をつかむフレーズ

これが、不可解な、下等な、退屈な人生の象徴でなくて何であろう。

時代背景を知れば理解が深まる

それから幾分《いくふん》か過ぎた後であった。ふと何かに脅《おびやか》されたような心もちがして、思わずあたりを見まわすと、いつの間にか例の小娘が、向う側から席を私の隣へ移して、しきりに窓を開けようとしている。が、重い硝子《がらす》戸は中々思うようにあがらないらしい。あの皸《ひび》だらけの頬はいよいよ赤くなって、時々鼻洟《はな》をすすりこむ音が、小さな息の切れる声といっしょに、せわしなく耳へはいって来る。これは勿論私にも、幾分ながら同情を惹《ひ》くに足るものには相違なかった。しかし汽車が今まさにトンネルの口へさしかかろうとしている事は、暮色の中に枯草ばかり

明《あかる》い両側の山腹が、間近く窓側に迫って来たのでも、すぐに合点《がてん》の行く事であった。にも関《かかわ》らずこの小娘は、わざわざしめてある窓の戸を下そうとする、――その理由が私には呑みこめなかった。いや、それが私には、単にこの小娘の気まぐれだとしか考えられなかった。だから私は腹の底に依然として険しい感情を蓄えながら、あの霜焼けの手が硝子戸をもたげようとして悪戦苦闘する容子《ようす》を、まるでそれが永久に成功しない事でも祈るような冷酷な眼で眺めていた。

『蜜柑』

ふと「私」が目を覚ますと、例の小娘が向こう側から席を私の隣へ移して、重い硝子戸をしきりに開けようとしていました。

「私」はそれを小娘の気まぐれとしか考えられず、険しい感情を蓄えたまま、それを冷酷な目で見ていたのです。

この辺りのことも当時の状況を考えなければ理解できません。蒸気機関車には当然今のように空調がないので、窓の開け閉めで温度を調整します。緩やかに走っているので、窓から入る風が心地よいのです。

ただし難点がひとつあります。窓を開けたままトンネルに入ってしまうと、もうもうとした煙が車内に入りこみ、乗客は咳込むことになります。

だからトンネルに近づくと、機関士は「窓を閉めてください」という合図の警笛を鳴らすことになっています。

物語のなかでは冬なので、当然ガラス窓はすべて閉じられたままです。しかも、トンネルにさしかかろうとしているので、その窓を開ける乗客など一人もいません。それなのに例の小娘が懸命にガラス窓を開けようとしているので、「私」はそれを責めるような気持ちで娘の行動を眺めているのです。

すると間もなく凄《すさま》じい音をはためかせて、汽車がトンネルへなだれこむと同時に、小娘の開けようとした硝子戸は、とうとうばたりと下へ落ちた。そうしてその四角な穴の中から、煤《すす》を溶《と》したようなどす黒い空気が、にわかに息苦しい煙になって、もうもうと車内へ漲《みなぎ》り出した。元来咽喉《のど》を害していた私は、ハン

ケチを顔に当てる暇さえなく、この煙を満面に浴びせられたおかげで、ほとんど息もつけないほど咳《せ》きこまなければならなかった。が、小娘は私に頓着する気色《けしき》も見えず、窓から外へ首をのばして、闇を吹く風に銀杏返しの鬢《びん》の毛をそよがせながら、じっと汽車の進む方向を見やっている。その姿を煤煙と電燈の光との中に眺めた時、もう窓の外が見る見る明《あか》るくなって、そこから土の匂《におい》や枯草の匂や水の匂が冷《ひや》やかに流れこんで来なかったなら、ようやく咳《せ》きやんだ私は、この見知らない小娘を頭ごなしに叱りつけてでも、また元の通り窓の戸をしめさせたのに相違なかったのである。

『蜜柑』

この場面の描写も見事です。汽車が動いているのがよく分かる描写です。

煙に咳込んだ「私」が娘を頭ごなしに叱りつけようと思った時、汽車はトンネルを抜け出しました。

「が、小娘は私に頓着する気色も見えず、窓から外へ首をのばして、闇を吹く風に銀杏返しの鬢の毛をそよがせながら、じっと汽車の進む方向を見やっている。」

この描写も後の場面の伏線になっています。なぜ小娘がガラス窓を必死になって開けたのか、窓から首を伸ばして汽車の進む方向を見やったのか、芥川はこの動的な描写の中にしっかりと謎を刻印します。

心をつかむフレーズ

が、小娘は私に頓着する気色《けしき》も見えず、窓から外へ首をのばして、闇を吹く風に銀杏返しの鬢《びん》の毛をそよがせながら、じっと汽車の進む方向を見やっている。

クライマックスに向けて

しかし汽車はその時分には、もう安々《やすやす》とトンネルをすべりぬけて、枯草の山と山との間に挟まれた、ある貧しい町はずれの踏切りに通りかかってい

た。踏切りの近くには、いずれも見すぼらしい藁《わら》屋根や瓦屋根がごみごみと狭苦しく建てこんで、踏切り番が振るのであろう、ただ一旒《いちりゅう》のうす白い旗が懶《ものう》げに暮色を揺《ゆす》っていた。やっとトンネルを出たと思う——その時その蕭索《しょうさく》とした踏切りの柵の向うに、私は頬の赤い三人の男の子が、目白押しに並んで立っているのを見た。彼等は皆、この曇天に押しすくめられたかと思うほど、揃って背が低かった。そうしてこの町はずれの陰惨たる風物と同じような色の着物を着ていた。それが汽車の通るのを仰ぎ見ながら、一斉に手を挙げるが早いか、いたいけな喉を高く反《そ》らせて、何とも意味の分らない喊声《かんせい》を一生懸命に迸《ほとばし》らせた。するとその瞬間である。窓から半身を乗り出していた例の娘が、あの霜焼けの手をつとのばして、勢《いきおい》よく左右に振ったと思うと、たちまち心を躍らすばかり暖《あたたか》な日の色に染まっている蜜柑がおよそ五つ六つ、汽車を見送った子供たちの上へばらばらと空から降って来た。私は思わず息を呑んだ。そうして刹那《せつな》に一切を了解した。小娘は、恐らくはこれから奉公先へ赴こうとしている小娘は、その懐に蔵していた幾顆《いくか》の蜜柑を窓から投げて、わざわざ踏切りまで見送りに来た弟たちの労に報いたのである。

クライマックスのシーンです。

「私」は窓の外の景色を眺めているのですが、その風景はまさに「私」の心情を投影したものです。

「貧しい町はずれの踏切り」「見すぼらしい藁屋根や瓦屋根がごみごみと狭苦しく建てこんで」「うす白い旗が懶《ものう》げに暮色を揺すっていた」

そして、やがて「私」の目に、踏切の柵の向こうの三人の男の子の姿が止まります。

その男の子の描写もこの時点では「曇天に押しすくめられたかと思うほど、揃って背が低かった」「この町はずれの陰惨たる風物と同じような色の着物を着ていた」と、あまり好ましいものではありません。

すると、次の瞬間、子供たちは「何とも意味の分らない喊声《かんせい》を一生懸命に迸《ほとばし》らせた」のです。そして、それに答えるように、例の娘が汽車を見送った子供たちの上に蜜柑を投げます。

　空から振ってきた蜜柑についての描写は、「心を躍らすばかり暖な日の色に染まっている」という好意的なものに変わっています。この瞬間私は一切を了解し、憂鬱だった心情が瞬時に変化したのです。

　暗から明へ、「私」の心情の変化は、空から降ってくる蜜柑の色で見事に表現されました。

　人の心は見えないものです。だから芥川はそれを蜜柑の色を通して、誰の目にも見えるように可視化したのです。

　当時、日本は極度に貧しく、特に東北地方は飢饉もあって、娘の身売りが横行していました。

　この娘が身売りをしたかどうかはわかりませんが、おそらく家族を養う働き手となるため、生まれて初めて一人で汽車に乗って東京に行くのでしょう。今度はいつ家族の元に帰れるかわかりません。

　三人の弟たちは姉との別れに、汽車が通り過ぎる踏切近くで、見送りに来ていたのです。この小娘もそれを知っていて、弟たちに蜜柑を投げたのです。
そして、人生そのものに不快を感じていた「私」も、この瞬間だけは人生は意味のあるものと感じられたのでした。

心をつかむフレーズ

心を躍らすばかり暖《あたたか》な日の色に染まっている蜜柑がおよそ五つ六つ、汽車を見送った子供たちの上へばらばらと空から降って来た。

二重、三重の含みと余韻

暮色を帯びた町はずれの踏切りと、小鳥のように声を挙げた三人の子供たちと、そうしてその上に乱落する鮮《あざやか》な蜜柑の色と――すべては汽車の窓

の外に、瞬《またた》く暇もなく通り過ぎた。が、私の心の上には、切ないほどはっきりと、この光景が焼きつけられた。そうしてそこから、ある得体の知れない朗《ほがらか》な心もちが湧き上って来るのを意識した。私は昂然《こうぜん》と頭を挙げて、まるで別人を見るようにあの小娘を注視した。小娘はいつかもう私の前の席に返って、あいかわらず皸《ひび》だらけの頬を萌黄《もえぎ》色の毛糸の襟巻に埋《うず》めながら、大きな風呂敷包みを抱えた手に、しっかりと三等切符を握っている。…………

私はこの時始めて、云《い》いようのない疲労と倦怠とを、そうしてまた不可解な、下等な、退屈な人生を僅《わずか》に忘れる事が出来たのである。

『蜜柑』

芥川は最後にこの一瞬の出来事を、一枚の絵として仕上げるかのようです。

「暮色を帯びた町はずれの踏切りと、小鳥のように声を挙げた三人の子供たちと、そうしてその上に乱落する鮮《あざやか》な蜜柑の色と――すべては汽車の窓の外に、瞬《またた》く暇もなく通り過ぎた。が、私の心の上には、切ないほどはっきりと、この光景が焼きつけられた。」

それでは全体を振り返ってみましょう。『蜜柑』は見事なほどの論理的構成を持っています。

冒頭の私の憂鬱な心情の描写。小娘の登場。私の小娘に対する険しい感情。小娘の不可解な行動。

そして、子供たちの上から降ってくる暖《あたた》かな日の色に染まった蜜柑。その瞬間、すべてを了解する「私」。そして、鮮やかに変わる、私の目に映った情景描写。完成された一枚の絵のような風景。

そして、最後に余韻を持たせます。

「私はこの時始めて、云《い》いようのない疲労と倦怠とを、そうしてまた不可解な、下等な、退屈な人生を僅《わずか》に忘れる事が出来たのである。」

この末尾の文章は、冒頭の「このトンネルの中の汽車と、この田舎者の小娘と、そうしてまたこの平凡な記事に埋《うずま》っている夕刊と、――これが象徴でなくて何であろう。不可解な、下等な、退屈な人生の象徴でなくて何であろう。」と、見事に呼応しているのです。

この瞬間、確かに「私」にとって、人生は退屈なものではありませんでした。しかし、「僅《わず》かに忘れる事が出来た」と締めくくることによって、「私」が再び「不可解な、下等な、退屈な人生」に戻って行くであろうことを暗示させています。

確かにこの蜜柑の乱落する美しい光景は「私」の心を揺り動かしたのですが、それでも「私」の心の中の深い闇を消し去ることはできませんでした。そうした含み、余韻まで、芥川は計算づくで文章を書いているのです。

そして、この「私」を芥川龍之介自身と重ねて読むことができるように、それも見事に計算しているように、私には思えます。

心をつかむフレーズ

不可解な、下等な、退屈な人生を僅に忘れる事が出来たのである。

第2章

太宰に学ぶ自由奔放な文章術

太宰の文章は変幻自在

この章では最初に、太宰治の若い頃の手紙から紹介しましょう。

もちろん、手紙は人に見せることを想定して書いたものではありませんから、学ぶべき文章術などないと思うかもしれません（その手紙が死後公開されることになるのですから、作家とは因果《いんが》な職業です）。

そこで、今回は太宰の借金をお願いする手紙を紹介することにします。何しろ、お金を借りることに成功するには、相手の心をつかむ文章術が要求されるからです。

手紙をテキストにする理由はもう一つあります。実は、太宰の場合、手紙の文体と小説の文体に、それほど差がないからです。ということは太宰の場合は小説を書く時も、手紙を書くような調子で自由奔放に言葉が出てくるのでしょう。もちろん小説のときは読者を惑わすための様々な仕掛けは至るところにしているのですが、芥川のような骨太の論理性を持った文章ではないのです。

ピッチャーにたとえれば、芥川の文章は針の穴を通すようなコントロールの直球。太宰の文章は変幻自在、七色の変化球といったところでしょうか。

大切なことはストレートに書く

昭和十一年四月十七日　淀野隆三宛

謹啓

ごぶさた申しております。

さぞや、退屈、荒涼の日々を、お送りのことと深くお察しいたします。

生涯にはさまざまのことが、ございます。私なども何か貴兄のお役にたつように、なりたいと、死にたい、死にたい心をしかりしかり、一日一日を生きております。

唐突《とうとつ》で、冷汗したたる思いでございますが、二十円、今月中にお貸しくださいまし。
多くは語りません。生きていくために、ぜひとも必要なので、ございます。
五月中には、必ず必ず、お返し申します。五月には、かなり、お金がはいるのです。
私を信じてください。
拒絶しないでください。
一日はやければ、はやいほど、助かります。
心からおねがい申します。
別封にて、ヴァレリーのゲーテ論、お送りいたしました。
私の『晩年』も、来月早々、できるはずです。できあがりしだい、お送りいたします。
しゃれた本になりそうで、ございます。
まずは、平素のごぶさたを謝し、心からのおねがいまでたのみます。

淀野隆三学兄
ふざけたことに使うお金ではございません。たのみます。

治

昭和一一年（一九三六）、太宰はパビナール中毒で、狂乱状態にありました。第一回芥川賞の候補になり、落選したのもこの時期です。

おそらく薬を買うお金が欲しくて、身もだえするほどだったのでしょう。

最後に、追伸でわざわざ「ふざけたことに使うお金ではございません。」と書き加えたことから、ますます〝怪しい〟と分かります。

なお、淀野隆三は太宰より五歳年上の、プルーストの翻訳などで知られるフランス文学者です。

太宰の手紙の特色は、前置きが短く、丁寧な挨拶抜きで、いきなり本題に切り込むことにあります。これは小説においても同じで、太宰は読者を退屈させないように、サービス精神を発揮していたのが分ります。

これは私の個人的意見ですが、メールなどでも時候の挨拶など、紋切《もんき》り型の前書きが長々書いてあるものは好みません。失礼がないようにと形式に則って長々と挨拶を書いてしまうのでしょうが、読み手も形式的な文章だと分かっているので、かえってイライラしてしまうだけです。

それよりいきなり本題に入った方が、相手は自分に本音を打ち明けているような印象を受けるものです。

「生涯にはさまざまのことが、ございます。」

この手紙でも、まず人には言えないが、切羽《せっぱ》詰まった事情があることを匂わしています。

「私なども何か貴兄のお役にたつように、なりたいと、死にたい、死にたい心をしかりしかり、一日一日を生きております。」

実際、太宰は短編集『晩年』を書き上げたら自殺するつもりだったので、死にたいというのはまったくの嘘ではありませんが、まだ死なずにいるのはあなたのお役に立ちたいからで、自分はあなたに貢献したいと思っているると売り込み、さらに「五月中には、必ず必ず、お返し申します。五月には、かなり、お金がはいるのです。」と、返す当てがあることを強調しています。

「多くは語りません。生きていくために、ぜひとも必要なので、ございます。」とだけ書いてお金の使い道を詳しく書かないのは、おそらく何のためにお金が必要なのか、その理由を書くことができないからでしょう。

「私を信じてください。

拒絶しないでください。」

この辺りは思わずくすっと笑ってしまいそうになります。人からお金を借りるには、気取りを捨てて、ここまで率直にならなければならないのでしょうか。

逆に、貸す方からすれば、こんな手紙をもらえばかえって信用できないと思ってしまいそうですが、それでもここまですがりつかれると、返ってこないと分かっていても貸さざるを得ないのでしょう。

そして、太宰も最初からそれを計算して手紙を書いている節がうかがえます。

心をつかむフレーズ

私を信じてください。
拒絶しないでください。

具体的な記述で相手の心をつかむ

四月二十三日

謹啓
私の、いのちのために、おねがいしたので、ございます。
誓います。生涯に、いちどのおねがいです。

幾夜懊悩《いくよおうのう》のあげくの果て、おねがいしたのです。

来月は、新潮と文藝春秋に書きます。

苦しさも、今月だけと存じます、他の友人も、くるしく、貴兄もらくではないことを存じておりますが、なにとぞ、一命たすけてください。

多くを申し上げません、
一日も早く、たのみます、来月必ず、お返しできます。

切迫した事情があるので、ございます。

拒否しないで、お助けください。

治

淀野学兄
一日も早く、伏して懇願申します。

六日後の手紙です。

おそらくまだお金を貸してもらっていないのでしょう。

文章も、より切羽詰まったものになっています。

「私の、いのちのために、おねがいしたので、ございます。」

こう書くことによって、相手はもしお金を貸さなければ、太宰は死んでしまうと思わされてしまいます。土下座をしているような、身を捨てた文章ですが、逆に受け取り手からすると脅迫されているような感じを受けるかもしれません。

「誓います。生涯に、いちどのおねがいです。」

実は、この頃太宰はあちらこちらの友人、知人、そして文学の先輩たちに何度も「生涯にいちどのお願い」をしていたのです。しかしこんな手紙をもらったら、私なら多少無理をしてもお金を貸してしまうかもしれません。

そして、太宰は「幾夜《いくよ》懊悩《おうのう》のあげくの果て、おねがいしたのです。」と付け加えることを忘れません。本当はこんな手紙を出したくはなく、これ以上迷惑をかけるのなら、いっそのこと死んでしまった方がいいと毎晩悩んだ結果、思い切ってこの手紙を出すことにした、と太宰がそっと耳元で囁いているようです。

「来月は、新潮と文藝春秋に書きます。」

これも前回の手紙の「五月には、かなり、お金がはいるのです。」よりも具体的な記述になっています。前回の手紙で貸してもらえなかったので、何とか信用させようと、具体性を持たせたのです。

最後に、「拒否しないで、お助けください。」と書き添えた言葉になんともいえないかわいい気があります。実際に周りにこんな人間がいたら、やはり困ってしまうけれども。

心をつかむフレーズ

私の、いのちのために、おねがいしたので、ございます。

太宰流「告白体」で気持ちを伝える

四月二十七日

淀野さん

このたびは、たいへんありがとう。かならずお報い申します。私は、信じられて、うれしくてなりません。きょうのこのよろこびを語ることばなし。私は誇るべき友を持った。天にものぼる気持ちです。私の貴兄に対する誠実を了解していただけて、バンザイが、ついのどまで、来るのです。くにのお仕事で、インサンな気分のないのが、うれしくてなりません。つらいことも、ずいぶん、おありでしょうが、そのつらさを一言も口に出さぬ貴兄の態度を、こよなく、ゆかしく存じました。

よい芸術家には、充実したるホーム・ライフがあるはずです。一冊の本を読んでは、すぐ読書余録。三日の旅をしては、旅日記。一日かぜで寝ては、病床閑語《かんご》。これでは、助からない。人らしく、生活すべきだと存じます。うの目、たかの目で、作品だけしか考ええぬ人は、さぞかし苦しいことと存じます。作品は、いそがずとも、豊富のホーム・ライフをこそ切望します。

若輩、生意気を申して、お許しください。

衷心からのお礼を。

治拝

淀野隆三様

四日後の手紙です。

さすがに淀野さんも二度目の手紙を読んで、あわててお金を貸したのでしょう。そういった意味では、太宰の手紙の文章が功を奏したのだと言えます。

この手紙は、前の二通に比べて調子がまったく異なっています。素直に喜びが表れていて、太宰が無邪気に両手を挙げてバンザイをし、飛び跳ねている様子が目に浮かぶようです。

やはりこの手紙も堅苦しい挨拶など抜きです。その方が太宰の喜びがストレートに伝わってくる気がします。

呼び名も「淀野学兄」から、親しげな「淀野さん」に変わっているのもおかしいですね。

「つらいことも、ずいぶん、おありでしょうが、そのつらさを一言も口に出さぬ貴兄の態度を、こよなく、ゆかしく存じました。」

これも思わず吹き出してしまいそうな、無邪気な文章です。

このような太宰の文章は、芥川の理知的で、ある意味では気取った文章とあまりにも対照的です。

読者のみなさんはこの両極端な二人から学ぶところが多いと思います。時には芥川の文体をまねて、知的な文章、あるいは気取った文章を書いてみるのもお洒落だし、またある時には太宰の文章をまねて、「君だけに僕の秘密を打ち明けるね、誰にも言わないでくれたまえ」といった告白体の文章を書いてみるのも面白いのではないでしょうか。

そのことで、自分の凝り固まった文章が、もっと自由で、のびのびとしたものになるはずです。

心をつかむフレーズ

きょうのこのよろこびを語ることばなし。私は誇るべき友を持った。天にものぼる気持ちです。

道化——人間への最後の求愛

太宰の小説の多くはいわゆる私小説で、自分の実際の体験をもとに書いたものです。

自然主義の流れを汲み、作家が自分の心の奥底に流れる恥部をさらけ出してこそ、初めて人間の真実を表現できるという考えから生まれたのが私小説です。

それまで主流だった浪漫主義文学は美男美女の大恋愛を描くようなものでしたから、そのような作り話に飽き飽きしていた多くの読者は、私小説の真実の告白に衝撃を受けたのです。

ところが、実は太宰の小説はそうした告白小説とは少し趣が異なります。なぜなら、太宰の実人生そのものが「演技によるもの」だったからです。そのインパクトの大きさはただの私小説とは比べものになりません。

実人生で虚構を演じ、それを告白体という手法で赤裸々に表現するのですから、だからこそ太宰の小説は日本文学の極北だと言えるのです。

では、実際に太宰が自分の人生をどのように表現したのか、彼の作品から見ていきましょう。

まずは太宰の最晩年の最高傑作の一つである『人間失格』。先頃芥川賞を受賞した又吉直樹さんの愛読書としても有名です。ここで「道化《どうけ》」というキーワードが登場します。

太宰の本名は津島修治《つしましゅうじ》。その津島家は青森きっての大富豪で、父は高額納税者で貴族議員、長男（太宰の兄）も後に青森県知事になります。「金木《かなぎ》の殿様」とよばれ、銀行を所有するほどでした。

ところが、新興成金であった津島家の富は多くの百姓から搾取した結果のもので、そこに太宰の苦悩の根っこがあったのです。

自分の田舎の家では、十人くらいの家族全部、めいめいのお膳を二列に向い合せに並べて、末っ子の自分は、もちろん一ばん下の座でしたが、その食事の部屋は薄暗く、昼ごはんの時など、十幾人の家族が、ただ黙々としてめしを食っている有様には、自分はいつも肌寒い思いをしました。それに田舎の昔気質《かたぎ》の家でしたので、おかずも、たいていきまっていて、めずらしいもの、豪華なもの、

そんなものは望むべくもなかったので、いよいよ自分は食事の時刻を恐怖しました。自分はその薄暗い部屋の末席に、寒さにがたがた震える思いで口にごはんを少量ずつ運び、押し込み、人間は、どうして一日に三度々々ごはんを食べるのだろう、実にみな厳粛な顔をして食べている、これも一種の儀式のようなもので、家族が日に三度々々、時刻をきめて薄暗い一部屋に集り、お膳を順序正しく並べ、食べたくなくても無言でごはんを嚙みながら、うつむき、家中にうごめいている霊たちに祈るためのものかも知れない、とさえ考えたことがあるくらいでした。

めしを食べなければ死ぬ、という言葉は、自分の耳には、ただイヤなおどかしとしか聞えませんでした。その迷信は、（いまでも自分には、何だか迷信のように思われてならないのですが）しかし、いつも自分に不安と恐怖を与えました。人間は、めしを食べなければ死ぬから、そのために働いて、めしを食べなければならぬ、という言葉ほど自分にとって難解で晦渋《かいじゅう》で、そうして脅迫めいた響きを感じさせる言葉は、なかったのです。

つまり自分には、人間の営みというものがいまだに何もわかっていない、ということになりそうです。自分の幸福の観念と、世のすべての人たちの幸福の観念とが、まるで食いちがっているような不安、自分はその不安のために夜々、輾転《てんてん》し、呻吟《しんぎん》し、発狂しかけたことさえあります。自分は、いったい幸福なのでしょうか。自分は小さい時から、実にしばしば、仕合せ者だと人に言われて来ましたが、自分ではいつも地獄の思いで、かえって、自分を仕合せ者だと言ったひとたちのほうが、比較にも何もならぬくらいずっとずっと安楽なように自分には見えるのです。

『人間失格』

「末っ子の自分」とありますが、実際に太宰も一一人兄弟の一〇番目でした。しかも、母親が病弱だったせいもあって、太宰は乳母に育てられます。

太宰は読者に自分の秘密を打ち明けるかのように、そっと告白するのです。

「自分には、人間の営みというものが未だに何もわかっていない、ということになりそうです。自分の幸福の観念と、世のすべての人たちの幸福の観念とが、まるで食いちがっているような不安、自分はその不安のために夜々、輾転《てんてん》し、呻吟し、発狂しかけたことさえあります。」

当時はまだ貧しい時代だったので、幼い太宰の周囲の人たちはただ三食食べられるだけで満足していたのです。ところが、食事という生命を維持するための行為さえ、太宰にとっては苦痛で仕方がありませんでした。

人が幸せだと思うことでも、自分にとって幸せとは思えない。そこから、人の心が分からず、怖くて仕方がないという太宰特有の心の動きが生じます。このことを理解すれば、なぜ太宰が人生において「道化」を演じなければならなかったかが分かるでしょう。

心をつかむフレーズ

つまり自分には、人間の営みというものが未だに何もわかっていない、ということになりそうです。

堕天使の苦悩

自分には、禍《わざわ》いのかたまりが十個あって、その中の一個でも、隣人が脊負《せお》ったら、その一個だけでも充分に隣人の生命《いのち》取りになるのではあるまいかと、思ったことさえありました。
つまり、わからないのです。隣人の苦しみの性質、程度が、まるで見当つかないのです。プラクテカルな苦しみ、ただ、めしを食えたらそれで解決できる苦しみ、しかし、それこそ最も強い痛苦で、自分の例の十個の禍いなど、吹っ飛んでしまう程の、凄惨《せいさん》な阿鼻《あび》地獄なのかも知れない、それは、わからない、しかし、それにしては、よく自殺もせず、発狂もせず、政党を論じ、絶望せず、屈せず生活のたたかいを続けて行ける、苦しくないんじゃないか？　エゴイストになりきって、しかもそれを当然のことと確信し、いちども自分を疑ったことがないんじゃないか？　そ

れなら、楽だ、しかし、人間というものは、皆そんなもので、またそれで満点なのではないかしら、わからない、……夜はぐっすり眠り、朝は爽快なのかしら、どんな夢を見ているのだろう、道を歩きながら何を考えているのだろう、金？　まさか、それだけでもないだろう、人間は、めしを食うために生きているのだ、という説は聞いたことがあるような気がするけれども、金のために生きている、という言葉は、耳にしたことがない、いや、しかし、ことによると、……いや、それもわからない、……考えれば考えるほど、自分には、わからなくなり、自分ひとり全く変っているような、不安と恐怖に襲われるばかりなのです。自分は隣人と、ほとんど会話ができません。何を、どう言ったらいいのか、わからないのです。

そこで考え出したのは、道化でした。

『人間失格』

大抵の人は物質的欲望や肉体的欲望に苛《さいな》まれ、そのために嫉妬、怒り、恨みといった感情に支配されがちです。

でも、太宰、あるいは『人間失格』の主人公「葉蔵」は、金銭的欲望も、たとえばうまいものを腹一杯食いたいという肉体的欲望も持ち合わせていませんでした。だから、人に対する嫉妬、怒り、恨みといった感情から比較的自由です。

その代わり、彼を支配したのは、人間に対する恐怖でした。私たちは「自分だったらこう思う」というように自分の感情や感性から人の気持ちを推し量ります。ところが、自分の気持ちから人の気持ちを推し量ることができない主人公は、人間というものが不可思議で、得体《えたい》の知れないものに思えてくるのです。それでも他人とうまくやっていかなければ、社会生活を営むことはできません。

そこで、死に物狂いで考え出したコミュニケーションの方法が自分が「道化」になることだったのです。

それは、自分の、人間に対する最後の求愛でした。自分は、人間を極度に恐れていながら、それでいて、人間を、どうしても思い切れなかったらしいのです。そうして自分は、この道化の一線でわずかに人間につながることができ

たのでした。おもてでは、絶えず笑顔をつくりながらも、内心は必死の、それこそ千番に一番の兼ね合いとでもいうべき危機一髪の、油汗流してのサーヴィスでした。
自分は子供のころから、自分の家族の者たちに対してさえ、彼らがどんなに苦しく、またどんなことを考えて生きているのか、まるでちっとも見当つかず、ただおそろしく、その気まずさに堪《た》えることができず、すでに道化の上手《じょうず》になっていました。つまり、自分は、いつのまにやら、一言も本当のことを言わない子になっていたのです。
そのころの、家族たちと一緒にうつした写真などを見ると、他の者たちは皆まじめな顔をしているのに、自分ひとり、必ず奇妙に顔をゆがめて笑っているのです。これもまた、自分の幼く悲しい道化の一種でした。

『人間失格』

私はこういった太宰の告白を読むと、「堕天使《だてんし》」という言葉が頭に浮かんできます。堕天使とは、この乱れきった地上に天上から堕ちて来た天使のことをいうのですが、天使は人を疑ったり、嫉妬したり、激怒したりすることはありません。実際に太宰の小説の主人公の大半は、人を疑ったり、恨んだり、激怒したりすることはなく、ただひたすらおびえ続けるだけなのです。

物質的欲望に駆られて、欺《だま》し合い、腹の探り合いをしている人間たちの中で、もし堕天使が生きていたら、おそらく毎日毎日人に傷つけられ、身も心もぼろぼろになっていったのではないでしょうか。

そういった意味では、太宰の作品の多くは堕天使の「白鳥の歌」のようなものです。

では、太宰の文章が多くの読者の「心」をつかむのは、なぜなのでしょうか。

心をつかむフレーズ

それ（道化）は、自分の、人間に対する最後の求愛でした。おもてでは、絶えず笑顔をつくりながらも、内心は必死の、それこそ千番に一番の兼ね合いとでもいうべき危機一髪の、油汗流してのサーヴィスでした。

読者を手のひらの上で操る文章術

太宰のような性質を生まれながらに持っている人間は、おそらく世間でも稀であると思われます。ところが、多くの太宰ファンはそれに共鳴し、〝分かる分かる〟と太宰を自分の分身のように考え始めます。

それはいったいなぜなのか。

そして、太宰もそうした読者の気持ちを察して、実に巧みに彼らを手のひらの上で自在に操っていく。まさに「心をつかむ」文章術を心得ていたと言えます。

その秘密は、「ナルシスト」という鍵語《キーワード》にあるように思われます。

ナルシストという言葉はギリシア神話のナルシスから来ているのですが、美少年であるナルシスはどんなに美しい少女から求愛されても、まったく関心を示しませんでした。なぜなら、彼は水に映った自分の姿に心を奪われてしまったからです。

ここから自己陶酔型の人間のことをナルシストというようになりました。しかし何も「自分は美しい」「才能がある」という美点に酔うだけがナルシストではありません。逆に、自分ほど可哀想な人間はいない、自分ほどまわりから理解されない人間はいないと、不幸な自分に酔うのもナルシストの特徴です。

そうしたナルシスト的一面は多かれ少なかれ誰にもあるもので、特に思春期の頃は誰も自分を理解してくれないと思いがちです。太宰はそうした人間に、「僕も君と同じだよ」とそっと囁くのです。

母親がそうした子供を「おお、よしよし、可哀想に」と慰めるように、太宰の文学はナルシスト的一面を持つ人にとって、心地よい甘さを与えてくれるのかもしれません。

太宰の処女作品集『晩年』に収録された、自叙伝的な作品『思い出』の中で、太宰は子守のたけとの、幼い頃の思い出話を描いています。

そのお寺の裏は小高い墓地になっていて、山吹かなにかの生垣《いけがき》に沿うてたくさんの卒堵婆《そとば》が林のように立っていた。卒堵婆には、満月ほどの大きさで車のような黒い鉄の輪のついているのがあって、その輪をからから廻して、やがて、そのまま止ってじっと動かないならその廻した人は極楽へ行き、一旦《いったん》とまりそうになってから、又からんと逆に廻れば地獄へ落ちる、とたけは言った。たけが廻すと、いい音をたててひとしきり廻って、かならずひっそりと止るのだけれど、私が廻すと後戻りすることがたまたまあるのだ。秋のころと記憶するが、私がひとりでお寺へ行ってその金輪のどれを廻して見ても皆言い合せたようにからんからんと逆廻りした日があったのである。私は破れかけるかんしゃくだまを抑えつつ何十回となく執拗に廻しつづけた。日が暮れかけて来たので、私は絶望してその墓地から立ち去った。

『思い出』

日暮れ時、何十という卒塔婆の黒い輪が一斉に逆回りし、それでもまだ幼い

「私」が泣きじゃくりながら廻し続けた光景ですが、映画の一シーンのように幻想的で美しい表現となっています。

このように太宰は心情を情景描写として表現する才に長《た》けています。自分が存在することそのものへの根源的な不安を、直接的に説明するのではなく、象徴的な光景で表現したのです。

次も『思い出』の一節。

私は散りかけている花弁であった。すこしの風にもふるえおののいた。人からどんな些細なさげすみを受けても死なん哉《かな》と悶《もだ》えた。

『思い出』

これも印象的な文章です。

「散りかけている花弁」という比喩にも、太宰特有のナルシスティックな表現が見られます。読者が太宰にわが身を寄り添わせ、自己陶酔するには十分な表現だと言えます。

生まれながらに人間を理解できず、ひたすらおびえている太宰がのめり込んでいったのが、当時非合法であった共産党活動でした。

心をつかむフレーズ

私は散りかけている花弁であった。すこしの風にもふるえおののいた。

第3章

芥川に学ぶ視点を変える文章術

真相はいつも「藪の中」

私は思うのですが、世の中に客観的な事実なんて一つも存在しません。すべては主観で切り取られた映像に過ぎません。

同じ風景でも、それを見る人によって様々な描写が可能になります。ほかの人が書いた本を読むということは、その作者の目で世界を見るということです。だから、本を読む人と読まない人とでは、視野の広さが違ってくるのです。

私は講演をする時に、ふと「私は一人であっても、聴衆の数だけ私がいるんだ」と思うことがあります。彼らが見ているのは彼らの網膜に映っている私の虚像であって、それは一人一人異なる私を見ているわけです。

文章は視点をどこに取るのかによって、表現の仕方がまるで異なってしまいます。

芥川は『今昔物語』に材を取った、いわゆる「王朝もの」の最後となる『藪《やぶ》の中』という作品を書いています。藪の中で男の死体が見つかりました。検非違使《けびいし》に尋問される証人たちの証言に続いて、当事者の三人の告白が次々と登場しますが、それぞれの証言が微妙に食い違い、それによって犯人が異なってしまうという不思議な作品です。芥川のこの作品によって、真相なんて分からないものだということを「藪の中だ」というようになりました。

このように視点を切り替えることによって、見える風景が異なるというのは、文章を書く上で重要な鍵となります。

芥川の晩年の作品に『玄鶴山房《げんかくさんぼう》』がありますが、登場人物は子供や女中まで入れて一一人、どこにもあるような昔の家族を描いた短編ですが、自在に視点を変えることで、芥川が見ている暗澹《あんたん》たる人生を見事に浮き上がらせる構成となっています。

これほど静謐《せいひつ》で、しかも救いようのない完璧な文章はそうないと言えるほど、この作品は入り組んだ構成を持った、戦慄を覚えさせるほどの小説だと言えるでしょう。

では、『玄鶴山房』の描写を、誰の視点で書いているのかに着目して見ていきましょう。

多角的な視点で現実を切り取る

『玄鶴山房』は六つの章から成り立っているのですが、「一」は次のように始まります。

一

……それは小ぢんまりと出来上った、奥床《おくゆか》しい門構えの家だった。もっともこの界隈にはこういう家も珍しくはなかった。が、「玄鶴山房《げんかくさんぼう》」の額や塀越《へいご》しに見える庭木などはどの家よりも数奇《すき》を凝らしていた。

この家の主人、堀越玄鶴《ほりこしげんかく》は画家としても多少は知られていた。しかし資産を作ったのはゴム印《いん》の特許を受けたためだった。あるいはゴム印の特許を受けてから地所の売買をしたためだった。現に彼が持っていた郊外のある地面などは生姜《しょうが》さえろくに出来ないらしかった。けれども今はもう赤瓦《あかがわら》の家や青瓦の家の立ち並んだいわゆる「**文化村**」に変わっていた。………

『玄鶴山房』

これが書き出しです。これは画家である玄鶴の視点ではなく、客観的な視点からこれから舞台となる玄鶴の住居を描写しています。まるで、空の上から住居全体をカメラで写しているかのように。

玄鶴は画家だったのですが、実際は土地の売買である程度の財を築いたということがわかります。

次に「二」に移るのですが、ここで初めて重吉という人物が登場します。

二

　重吉《じゅうきち》は玄鶴の婿になる前からある銀行へ勤めていた。従って家に帰って来るのはいつも電燈のともるころだった。彼はこの数日以来、門の内へはいるが早いか、たちまち妙な臭気を感じた。それは老人には珍しい肺結核の床についている玄鶴の息の匂いだった。が、勿論《もちろん》家の外にはそんな匂いの出るはずはなかった。冬の外套《がいとう》の腋《わき》の下に折鞄《おりかばん》を抱えた重吉は玄関前の踏み石を歩きながら、こういう彼の神経を怪まないわけには行かなかった。

　玄鶴は「離れ」に床をとり、横になっていない時には夜着《よぎ》の山によりかかっていた。重吉は外套や帽子をとると、必ずこの「離れ」へ顔を出し、「ただいま」とか「きょうはいかがですか」とか言葉をかけるのを常としていた。しかし「離れ」の閾《しきい》の内へは滅多《めった》に足も入れたことはなかった。それは舅《しゅうと》の肺結核に感染するのを怖れるためでもあり、また一つには息の匂いを不快に思うためでもあった。玄鶴は彼の顔を見るたびにいつもただ「ああ」とか「お帰り」とか答えた。その声はまた力のない、声よりも息に近いものだった。重吉は舅にこう言われると、時々彼の不人情に後ろめたい思いもしないわけではなかった。けれども「離れ」へはいることはどうも彼には無気味だった。

『玄鶴山房』

最初は玄鶴の婿である重吉の視点で、この家族が紹介されます。玄鶴は肺結核で床についたままです。

そして、銀行員である重吉が血のつながりのない玄鶴に対して愛情を感じていないのは、家の外にいても実際に感じるはずのない玄鶴の息の匂いを不快に感じていることからも分かります。

重吉は玄鶴と同じ空気を吸うことも不気味に感じていたのです。

この簡潔で短い文章の中でも、すでに玄鶴山房の息が詰まるような人間関係が見事に凝縮されています。

心をつかむフレーズ

それは舅の肺結核に感染するのを怖れるためでもあり、また一つには息の匂いを不快に思うためでもあった。

一行で息詰まる家庭の空気を活写

それから重吉は茶の間の隣りにやはり床についている姑《しゅうとめ》のお鳥《とり》を見舞うのだった。お鳥は玄鶴の寝こまない前から、――七八年前から腰抜けになり、便所へも通えない体になっていた。玄鶴が彼女を貰《もら》ったのは彼女がある大藩の家老の娘というほかにも器量望みからだということだった。彼女はそれだけに年をとっても、どこか目などは美しかった。しかしこれも床の上に坐《すわ》り、丹念に白足袋《しろたび》を繕《つくろ》っているのはあまりミイラと変わらなかった。重吉はやはり彼女にも「お

母さん、きょうはどうですか?」という、手短な一語を残したまま、六畳の茶の間へはいるのだった。

『玄鶴山房』

今度は重吉の視点から、姑のお鳥が紹介されています。彼女は大藩の家老の娘という家柄で、しかも器量よしだったのですが、今や寝たきりの状態で、便所にも一人で行くことができません。

重吉はこんな姑にも愛情を感じていないことが分かります。

玄鶴の住居には、重吉の舅と姑の二人が寝たきりなのです。

妻のお鈴《すず》は茶の間にいなければ、信州生まれの女中のお松と狭い台所に働いていた。小綺麗《こぎれい》に片づいた茶の間はもちろん、文化竈《かまど》を据《す》えた台所さえ舅や姑の居間よりも遥《はる》かに重吉には親しかった。彼は一時は知事などにもなったある政治家の次男だった。が、豪傑肌の父親よりも昔の女流歌人だった母親に近い

秀才だった。それはまた彼の人懐《ひとなつ》こい目や細《ほ》っそりした顋《あご》にも明らかだった。重吉はこの茶の間へはいると、洋服を和服に着換えた上、楽々と長火鉢《ながひばち》の前に坐り、安い葉巻を吹かしたり、今年やっと小学校にはいった一人息子の武夫《たけお》をからかったりした。

『玄鶴山房』

さらに三人の登場人物が、重吉によって紹介されます。重吉の妻お鈴と小学校に入った一人息子の武夫、そして、女中のお松です。

「文化竈《かまど》を据《す》えた台所さえ舅や姑の居間よりも遥《はる》かに重吉には親しかった。」とあることからも、重吉の舅や姑に対する気詰まりな様子がはっきりと書きこまれています。

重吉はいつもお鈴や武夫とチャブ台を囲んで食事をした。彼らの食事は賑《にぎや》かだった。が、近頃は「賑か」といっても、どこかまた窮屈にも違い

なかった。それはただ玄鶴につき添う甲野という看護婦の来ているためだった。もっとも武夫は「甲野さん」がいても、ふざけるのに少しも変わらなかった。いや、あるいは「甲野さん」がいるためによけいふざけるくらいだった。お鈴は時々眉をひそめ、こういう武夫を睨《にら》んだりした。しかし武夫はきょとんとしたまま、わざと大仰《おおぎょう》に茶碗の飯を掻《か》きこんで見せたりするだけだった。

『玄鶴山房』

ここで寝たきりの玄鶴を世話する甲野という看護婦が登場します。重吉たちはこの甲野がいるために、過度な緊張を強いられているのです。

「二」はこの甲野の描写で締めくくられます。

「玄鶴山房」の夜は静かだった。朝早く家を出る武夫は勿論、重吉夫婦も大抵は十時には床につくことにしていた。その後でもまだ起きているのは九時前後から夜伽《よとぎ》をする看護婦の甲野ばかりだった。甲野は玄鶴の枕もとに赤あか

と火の起こった火鉢を抱え、居睡《いねむ》りもせずに坐っていた。玄鶴は、――玄鶴も時々は目を醒《さ》ましていた。が、湯たんぽが冷えたとか、湿布が乾いたとかいう以外にほとんど口を利《き》いたことはなかった。こういう「離れ」に聞こえて来るものは植え込みの竹の戦《そよ》ぎだけだった。甲野は薄ら寒い静かさの中にじっと玄鶴を見守ったまま、いろいろのことを考えていた。この一家の人々の心もちや彼女自身の行く末などを。
………

『玄鶴山房』

これが「二」の締めくくりですが、ここで視点が重吉から甲野へと移行していることに注意してください。

甲野は重吉夫婦が床についた後も、寝たきりの玄鶴の枕元に座ったまま、何も喋らずにじっとものを考えていたのです。

芥川はここで読者の関心を甲野に引き留めたまま、「三」へと物語を展開させます。

心をつかむフレーズ

小綺麗に片づいた茶の間は勿論、文化竈《かまど》を据《す》えた台所さえ舅や姑の居間よりも遥《はる》かに重吉には親しかった。

寝たきり老人とその愛人

三

ある雪の晴れ上った午後、二十四五の女が一人、か細い男の子の手を引いたまま、引き窓越しに青空の見える堀越家の台所へ顔を出した。重吉はもちろん家にいなかった。ちょうどミシンをかけていたお鈴は多少予期はしていたものの、ちょっと当惑に近いものを感じた。しかしとにかくこの客を迎えに長火鉢の前を立って行った。客は台所へ上った後、彼女自身の履《は》き物や男の子の靴を揃え直した。(男の子は白いスウェエタアを着ていた。) 彼女がひけ目を感じていることはこういう所作だけにも明らかだった。が、それも無理はなかった。彼女はこの五六年以来、東京のある近在に玄鶴が公然と囲っておいた女中上りのお芳《よし》だった。

『玄鶴山房』

芥川は舞台設定をした後、突如、新たな人物を登場させ、物語を急展開させます。二四、五歳のお芳はかっては玄鶴の女中上がりの愛人でした。その彼女が結核でもう長くはない玄鶴の家族の前に姿を現したのです。

お芳は玄鶴との間にできた子供を連れてきたのですが、父親が息を引き取る前に一目子供を見せようと考えたのは無理もないことです。また玄鶴の家族も、それを道義上咎《とが》めることはできません。

そうした複雑な人間関係を芥川はたとえば、「客は台所へ上った後、彼女自身の履き物や男の子の靴を揃え直した。（男の子は白いスウェエタアを着ていた。）彼女がひけ目を感じていることはこういう所作だけにも明らかだった。」とさりげなく、しかも的確に描写しているのです。

お鈴はお芳の顔を見た時、存外彼女が老けたことを感じた。しかもそれは顔ばかりではなかった。お芳は四五年以前には円《まる》まると肥《ふと》った手をしていた。が、年は彼女の手さえ静脈の見えるほど細らせていた。それから彼女が身につけたものも、――お鈴は彼女の安ものの指環に何か世帯《しょたい》じみた寂しさを感じた。

「これは兄が檀那《だんな》様に差し上げてくれと申しましたから。」

お芳はいよいよ気後《きおく》れのしたように古い新聞紙の包みを一つ、茶の間へ膝《ひざ》を入れる前にそっと台所の隅へ出した。折から洗いものをしていたお松はせっせと手を動かしながら、水々しい銀杏《いちょう》返しに結ったお芳を時々尻目に窺《うかが》ったりしていた。が、この新聞紙の包みを見ると、さらに悪意のある表情をした。それはまた実際文化竈《かまど》や華奢《きゃしゃ》な皿小鉢と調和しない悪臭を放っているのに違いなかった。お芳はお松を見なかったものの、少なくともお鈴の顔色に妙なけはいを感じたと見え、「これは、あの、大蒜《にんにく》でございます」と説明した。それから指を噛《か》んでいた子供に「さあ、坊ちゃん、お時宜《じぎ》なさい」と声をかけた。男の子は勿論玄鶴がお芳に生ませた文太《ぶんた》郎《ろう》だった。その子供をお芳が「坊ちゃん」と呼ぶのはお鈴にはいかにも気の毒だった。けれども彼女の常識はすぐにそれもこういう女には仕かたがないことと思い返した。お鈴はさりげない顔をしたまま、茶の間の隅に坐った親子に有り合わせの菓子や茶などをすすめ、玄鶴の容態を話したり、文太郎の機嫌をとったりし出した。

………

『玄鶴山房』

前半は玄鶴の娘であるお鈴の視点から、お芳を「存外彼女が老けた」「何か世帯《しょたい》じみた寂しさ」と表現しています。

さらに自分の子供の文太郎を「坊ちゃん」と呼んでいることからも、お芳の置かれている立場が如実に表れています。

玄鶴の愛人といえども、もとはこの家の女中だったのですから。
実は、お芳には一人の兄がいて、彼がお芳とお鈴との間を取り持っていました。
最初はお鈴はこのお芳の兄を警戒していたのです。

玄鶴は今年の冬以来、どっと病の重《おも》ったために妾宅通いも出来なくなると、重吉が持ち出した手切れ話に（もっともその話の条件などは事実上彼よりもお鳥やお鈴が拵《こしら》えたというのに近いものだった。）存外素直に承諾した。それはまたお鈴が恐れていたお芳の兄も同じことだった。お芳は千円の手切れ金を貰《もら》い、上総《かずさ》のある海岸にある両親の家へ帰った上、月々文太郎の養育料として若干の金を送って貰う、――彼はこういう条件に少しも異存を唱えなかった。のみならず妾宅に置いてあった玄鶴の秘蔵の煎茶《せんちゃ》道具なども催促されぬうちに運んで来た。お鈴は前に疑《うたぐ》っていただけに一層彼に好意を感じた。

『玄鶴山房』

この記述から、お芳も彼女の兄も善良で、特に欲深い人間ではないことが分かります。

「つきましては妹のやつがもしお手でも足りませんようなら、御看病に上がりたいと申しておりますんですが。」

お鈴はこの頼みに応じる前に腰ぬけの母に相談した。それは彼女の失策と言っても差し支《つか》えないものに違いなかった。お鳥は彼女の相談を受けると、あしたにもお芳に文太郎をつれて来て貰うように勧め出した。お鈴は母の気もちの外にも一家の空気の擾《みだ》されるのを惧《おそ》れ、何度も母に考え直させようとした。（そのくせまた一面には父の玄鶴とお芳の兄との中間に立っている関係上、いつか素気《すげ》なく先方の頼みを断れない気もちにも落ちこんでいた。）が、お鳥は彼女の言葉をどうしても素直には取り上げなかった。

「これがまだあたしの耳へはいらない前ならば格別だけれども――お芳の手前も羞《はずか》しいやね。」

お鈴はやむを得ずお芳の兄にお芳の来ることを承諾した。それもまたあるいは世間を知らない彼女の失策だったかもしれなかった。現に重吉は銀行から帰り、お鈴にこの話を聞いた時、女のように優しい眉の間にちょっと不快らしい表情を示した。「そりゃ人手が殖《ふ》えることはありがたいにも違いないがね。……お父さんにも一応話して見ればいいのに。お父さんから断るのならばお前にも責任のないわけなんだから。」——そんなことも口に出して言ったりした。お鈴はいつになく鬱《ふさ》ぎこんだまま、「そうだったわね」などと返事をしていた。しかし玄鶴に相談することは、——お芳に勿論未練のある瀕死の父に相談することは彼女には今になってみても出来ない相談に違いなかった。

『玄鶴山房』

芥川の人間関係を洞察する視線は的確です。

お芳にすれば、玄鶴の死期が迫っているのに、看病を申し出ずに放っておくと冷たく思われるし、玄鶴との子供を最後に見せに行かなければならないと思ったはずです。

しかし、かつて女中だったお芳には正妻のお鳥とその子文太郎がいる家庭で看病することは、いかにも肩身の狭い思いだったのです。

一方、お鳥にすれば、お芳が子供を連れて自宅に来て、しかも、夫の看病をすることは不快であるけど、お芳の手前断ることも、自分が嫉妬しているように思われるのでできません。

玄鶴に相談しようにも、彼はまだお芳に未練があるので、それもできないのです。そういった状況の中で、お芳は文太郎を連れて、玄鶴の看病にやってきます。

短い文章の中で、これだけの複雑な人の思いを表現する芥川の文章能力は見事というほかはありませんが、それは彼自身の人間観察の鋭さに裏打ちされたものと言えるでしょう。

こうしてお芳親子がしばらくの間住み込むようになって、玄鶴の一家の空気が微妙に変化するようになったのです。

心をつかむフレーズ

客は台所へ上った後、彼女自身の履き物や男の子の靴を揃え直した。(男の子は白いスウェエタアを着ていた。)彼女がひけ目を感じていることはこういう所作だけにも明らかだった。

家族外の人物の視点を導入

そして、「四」で事件が起こります。

四

お芳が泊まりこむようになってから、一家の空気は目に見えて険悪になるばかりだった。それはまず武夫が文太郎をいじめることから始まっていた。文太郎は父の玄鶴よりも母のお芳に似た子供だった。しかも気の弱いところまで母のお芳に似た子供だった。お鈴も勿論こういう子供に同情しないわけではないらしかった。が時々は文太郎を意気地《いくじ》なしと思うこともあるらしかった。

看護婦の甲野は職業がら、冷やかにこのありふれた家庭的悲劇を眺めていた、――と言うよりもむしろ享楽していた。彼女の過去は暗いものだった。彼女は病家《びょうか》の主人だの病院の医者だのとの関係上、何度一塊《いっかい》の青酸加里《せいさんかり》を嚥《の》もうとしたことだか知れなかった。この過去はいつか彼女の心に他人の苦痛を享楽する病的な興味を植えつけていた。

『玄鶴山房』

ここで看護婦の甲野の非常に興味深い性格が明らかになります。「四」はこの甲野の視点から描写され、その結果、玄鶴の家族の別の面に光が当てられることになります。

甲野は「他人の苦痛を享楽する病的な興味」を持っていて、そして、この家庭悲劇を楽しんで眺めていたのです。芥川はこの甲野の性格は、彼女の過去が何度も自殺しようとしたほど暗いものだったからだと書きこんでいます。

さらに甲野の病的な興味を裏付けるエピソードが紹介されます。

彼女は堀越家へはいって来た時、腰ぬけのお鳥が便をするたびに手を洗わないのを発見した。「この家《うち》のお嫁さんは気が利《き》いている。あたしたちにも気づかないように水を持って行ってやるようだから。」——そんなことも一時は疑深い彼女の心に影を落とした。が、四五日いるうちにそれは全然お嬢様育ちのお鈴の手落ちだったのを発見した。彼女はこの発見に何か満足に近いものを感じ、お鳥の便をするたびに洗面器の水を運んでやった。

「甲野さん、あなたのおかげさまで人間並みに手が洗えます。」

お鳥は手を合わせて涙をこぼした。甲野はお鳥の喜びには少しも心を動かさなかった。しかしそれ以来三度に一度は水を持って行かなければならぬお鈴を見ることは愉快だった。従ってこういう彼女には子供たちの喧嘩《けんか》も不快ではなかった。彼女は玄鶴にはお芳親子に同情のあるらしい素振《そぶ》りを示した。同時にまたお鳥にはお芳親子に悪意のあるらしい素振りを示した。それはたといおもむろにもせよ、確実に効果を与えるものだった。

『玄鶴山房』

甲野はお鳥とお芳、つまり、正妻と愛人との間を取り持つような振りをして、実は仲を裂くような悪意ある振る舞いをしていたのです。

お芳が泊まってから一週間ほどの後、武夫はまた文太郎と喧嘩をした。喧嘩はただ豚の尻《し》っ尾《ぽ》は牛の尻っ尾よりも太いとか細いとかいうことから始まっていた。武夫は彼の勉強部屋の隅に、——玄関の隣の四畳半の隅にか細い文太郎を押しつけた上、さんざん打ったり蹴ったりした。そこへちょうど来合わせたお芳は泣き声も出ない文太郎を抱き上げ、こう武夫をたしなめにかかった。

「坊ちゃん、弱いものいじめをなすってはいけません。」

それは内気な彼女には珍らしい棘《とげ》のある言葉だった。武夫はお芳の権幕《けんまく》に驚き、今度は彼自身泣きながら、お鈴のいる茶の間へ逃げこもった。するとお鈴もかっとしたと見え、手ミシンの仕事をやりかけたまま、お芳親子のいる所へ無理《むり》八理《やり》に武夫を引きずって行った。

「お前が一体我儘《わがまま》なんです。さあ、お芳さんにおあやまりなさい、ちゃんと手をついておあやまりなさい。」

お芳はこう言うお鈴の前に文太郎と一しょに涙を流し、平あやまりにあやまる外はなかった。そのまた仲裁役を勤めるものは必ず看護婦の甲野だった。甲野は顔を赤めたお鈴を一生懸命に押し戻《もど》しながら、いつももう一人の人間の、――じっとこの騒ぎを聞いている玄鶴の心もちを想像し、内心には冷笑を浮かべていた。が、勿論そんな素《そ》ぶりは決して顔色にも見せたことはなかった。

『玄鶴山房』

ここでも複雑な人間模様に的確な表現を与えています。

娘のお鈴とお芳との諍《あらそ》い、孫の武夫と愛人との間の子である文太郎との喧嘩を、死を前に寝たきりの玄鶴がどのような思いで聞いているのか、甲野はそれを想像しながら、内心冷笑を浮かべて、仲裁役を務めていたのです。

けれども一家を不安にしたものは必ずしも子供の喧嘩ばかりではなかった。お芳はまたいつの間にか何ごともあきらめ切ったらしいお鳥の嫉妬を煽《あお》っていた。もっともお鳥はお芳自身には一度も怨《うら》みなどを言ったことはなかった。(これはまた五六年前、お芳がまだ女中部屋に寝起きしていたころも同じだった。)が、全然関係のない重吉に何かと当たり勝ちだった。重吉は勿論とり合わなかった。お鈴はそれを気の毒に思い、時々母の代りに詫びたりした。しかし彼は苦笑したぎり、「お前までヒステリイになっては困る」と話を反《そ》らせるのを常としていた。
甲野はお鳥の嫉妬にもやはり興味を感じていた。お鳥の嫉妬それ自身は勿論、彼女が重吉に当たる気もちも甲野にははっきりとわかっていた。のみならず彼女はい

つの間にか彼女自身も重吉夫婦に嫉妬に近いものを感じていた。お鈴は彼女には「お嬢様」だった。重吉も――重吉はとにかく世間並みに出来上がった男に違いなかった。が、彼女の軽蔑する一匹の雄《おす》にも違いなかった。こういう彼らの幸福は彼女にはほとんど不正だった。彼女はこの不正を矯《た》める為に（！）重吉に馴れ馴れしい素振りを示した。それはあるいは重吉には何ともないものかも知れなかった。けれどもお鳥を苛立《いらだ》たせるには絶好の機会を与えるものだった。お鳥は膝頭《ひざがしら》も露《あら》わにしたまま、「重吉、お前はあたしの娘では――腰ぬけの娘では不足なのかい？」と毒々しい口をきいたりした。

『玄鶴山房』

さらに甲野の視点での描写が続きます。

甲野は、お鳥が表面には出さないが内々ではお芳に嫉妬の感情を抱いていることを見抜いています。

お鳥はもう寝たきりの老女、それに対して、お芳はまだ二十四、五。もちろんお芳は愛情からではなく、玄鶴に金銭的な面倒を見てもらっていたわけで、今はもうその関係を解消しています。

それでもお鳥の心の奥底では嫉妬の情がわき上がってくるのが、人間の業《ごう》というものでしょう。甲野はそうしたお鳥を冷笑しながら、楽しんでいるのです。

それだけではありません。甲野は重吉とお鈴との間に嫉妬に近い情を抱いています。何も重吉を好きなわけではありません。重吉夫婦が幸せそうであること、互いに愛し合っていることを許せない感情が心の底で渦巻いてしまうのです。

そのような感情がどうしようもなく湧き起こるのが、甲野という人間なのでしょう。

しかしお鈴だけはその為に重吉を疑《うたぐ》ったりはしないらしかった。いや、実際甲野にも気の毒に思っているらしかった。甲野はそこに不満を持ったばかりか、今さらのように人のいいお鈴を軽蔑せずにはいられなかった。が、いつか重吉が彼女を避け出したのは愉快だった。のみならず彼女を避けているうちにか

えって彼女に男らしい好奇心を持ち出したのは愉快だった。彼は前には甲野がいる時でも、台所の側《そば》の風呂へはいるために裸になることをかまわなかった。けれども近ごろではそんな姿を一度も甲野に見せないようになった。それは彼が羽根を抜いた雄鶏《おんどり》に近い彼の体を羞《は》じているために違いなかった。甲野はこういう彼を見ながら、（彼の顔もまたそばかすだらけだった。）一体彼はお鈴以外の誰に惚れられるつもりだろうなどとひそかに彼を嘲《あざけ》ったりしていた。

『玄鶴山房』

ここで「四」が終わるのですが、この章は一貫して甲野の視点から玄鶴山房の家庭悲劇を描写しています。

芥川の見事な文章力は、技術的なものもさることながら、彼の鋭い人間観察の賜《たま》物《もの》でしょう。

そして、その人間関係や、人の心の奥底にあるヘドロのようなものを取り出し、それを物語として再構築する文章能力なのです。

心をつかむフレーズ

こういう彼らの幸福は彼女にはほとんど不正だった。彼女はこの不正を矯《た》めるために（！）重吉に馴れ馴れしい素振りを示した。

悲劇の結末

「五」では、甲野の視点から一転して、死に行く玄鶴の視点から、この家庭悲劇を描いています。こうして一つの悲劇を多角的に表現しているのです。

五

玄鶴はだんだん衰弱して行った。彼の永年《ながねん》の病苦は勿論、彼の背中から腰へかけた床ずれの痛みも烈しかった。彼は時々唸《うな》り声を挙《あ》げ、わずかに苦しみを紛らせていた。しかし彼を悩ませたものは必ずしも肉体的苦痛ばかりではなかった。彼はお芳の泊まっている間は多少の慰めを受けた代りにお鳥の嫉妬や子供たちの喧嘩にしっきりない苦しみを感じていた。けれどもそれはまだよかった。玄鶴はお芳の去った後《のち》は恐ろしい孤独を感じた上、長い彼の一生と向かい合わないわけには行かなかった。

玄鶴の一生はこういう彼にはいかにも浅ましい一生だった。なるほどゴム印の特許を受けた当座は——花札や酒に日を暮らした当座は比較的彼の一生でも明るい時代には違いなかった。しかしそこにも儕輩《さいはい》の嫉妬や彼の利益を失うまいとする彼自身の焦燥の念は絶えず彼を苦しめていた。ましてお芳を囲い出した後は、——彼は家庭のいざこざのほかにも彼らの知らない金の工面《くめん》にいつも重荷を背負いつづけだった。しかもさらに浅ましいことには年の若いお芳に惹《ひ》かれていたものの、少なくともこの一二年は何度内心にお芳親子を死んでしまえと思ったか知れなかった。

『玄鶴山房』

寝たきりの玄鶴は布団の中で何もすることがなく、ただ自分の人生を振り返るしかなかったのです。社会的にはある程度成功したかに見えた彼の人生も、その内面は苦しみの連続でした。若いお芳に執着したにもかかわらず、その一方、お芳親子のために家庭のいざこざや金の工面などに悩まされ、心が安らかな時などなかったことでしょう。

さらに玄鶴は今までの人生を振り返ります。ところが、過去の思い出の中で彼を慰めたのは、幼少時代の記憶だけだったのです。

玄鶴は何もかも忘れるためにただぐっすり眠りたかった。実際また甲野は彼のために催眠薬を与えるほかにもヘロインなどを注射していた。けれども彼には眠りさえいつも安らかには限らなかった。彼は時々夢の中にお芳や文太郎に出合ったりした。それは彼には、——夢の中の彼には明るい心もちのするものだった。（彼はある夜の夢の中にはまだ新しい花札の「桜の二十」と話していた。しかもそのまた「桜の二十」は四五年前のお芳の顔をしていた。）しかしそれだけに

目の醒《さ》めた後《あと》は一層彼をみじめにした。玄鶴はいつか眠ることにも恐怖に近い不安を感ずるようになった。

『玄鶴山房』

現実の苦痛から逃避したい玄鶴にとって、眠ることが唯一の安らぎのはずでした。ところが、夢の中でお芳や文太郎が現れ、その時は明るい心もちがするのですが、目が醒めた後はみじめな気持ちになり、眠ることにも恐怖を感じるようになってしまうのです。

芥川の筆致は死が迫っている玄鶴にも容赦はありません。

人生とはかくも過酷なものであるといわんばかりに。

大晦日もそろそろ近づいたある午後、玄鶴は仰向《あおむ》けに横たわったなり、枕もとの甲野へ声をかけた。

「甲野さん、わしはな、久しく褌《ふんどし》をしめたことがないから、晒《さら》し木綿《もめん》を六尺買わせて下さい。」

晒し木綿を手に入れることはわざわざ近所の呉服屋へお松を買いにやるまでもなかった。

「しめるのはわしが自分でしめます。ここへ畳んで置いて行って下さい。」

玄鶴はこの褌を便《たよ》りに、——この褌に縊《くび》れ死ぬことを便りにやっと短い半日を暮らした。しかし床の上に起き直ることさえ人手を借りなければならぬ彼には容易にその機会も得られなかった。のみならず死はいざとなってみると、玄鶴にもやはり恐ろしかった。彼は薄暗い電燈の光に黄檗《おうばく》の一行ものを眺めたまま、いまだに生を貪《むさぼ》らずにはいられぬ彼自身を嘲《あざけ》ったりした。

「甲野さん、ちょっと起こして下さい。」

それはもう夜の十時ごろだった。

「わしはな、これからひと眠りします。あなたも御遠慮なくお休みなすって下さい。」

甲野は妙に玄鶴を見つめ、こう素《そ》っ気《け》ない返事をした。

「いえ、わたくしは起きております。これがわたくしの勤めでございますから。」

玄鶴は彼の計画も甲野のために看破《みやぶ》られたのを感じた。が、ちょっと頷《うなず》いたぎり、何も言わずに狸寝入《たぬきねい》りをした。甲野は彼の枕もとに婦人雑誌の新年号をひろげ、何か読み耽《ふ》けっているらしかった。玄鶴はやはり蒲団《ふとん》の側の褌のことを考えながら、薄目《うすめ》に甲野を見守っていた。すると――急に可笑《おか》しさを感じた。

「甲野さん。」

甲野も玄鶴の顔を見た時はさすがにぎょっとしたらしかった。玄鶴は夜着《よぎ》によりかかったまま、いつかとめどなしに笑っていた。

「なんでございます？」

「いや、何でもない。何にも可笑しいことはありません。――」

玄鶴はまだ笑いながら、細い右手を振って見せたりした。

「今度は……なぜかこう可笑しゅうなってな。……今度はどうか横にして下さい。」

一時間ばかりたった後、玄鶴はいつか眠っていた。その晩は夢も恐ろしかった。

彼は樹木の茂った中に立ち、腰の高い障子の隙《すき》から茶室めいた部屋を覗《のぞ》いていた。そこにはまたまる裸の子供が一人、こちらへ顔を向けて横になっていた。それは子供とはいうものの、老人のように皺《しわ》くちゃだった。玄鶴は声を挙《あ》げようとし、寝汗だらけになって目を醒《さ》ました。…………」

『玄鶴山房』

玄鶴は大勢の家族や愛人に囲まれながらも、根源的な孤独に苛まれていました。玄鶴の唯一の救いは、甲野に買いに行かせた褌で首をくくることだけでした。ところが、甲野は夜になっても自分のそばを離れることがありません。そこで玄鶴は止めどなく笑い出すのですが、おそらく自分の人生を自分で冷笑した笑いではなかったでしょうか。

この作品を書いた年に、芥川は三五歳で自殺しています。

この作品を読んだとき、芥川の人生を観察する視線のあまりの暗さに、私は思わず背筋が寒くなる思いがしました。

それだけ芥川の文章が鬼気迫るものだったと言えるでしょう。

「離れ」には誰も来ていなかった。のみならずまだ薄暗かった。まだ？——しかし玄鶴は置き時計を見、かれこれ正午に近いことを知った。彼の心は一瞬間、ほっとしただけに明るかった。けれどもまたいつものようにたちまち陰鬱《いんうつ》になって行った。彼は仰向けになったまま、彼自身の呼吸を数えていた。それはちょうど何ものかに「今だぞ」とせかれている気もちだった。玄鶴はそっと褌を引き寄せ、彼の頭に巻きつけると、両手でぐっと引っぱるようにした。

そこへちょうど顔を出したのはまるまると着膨《きぶく》れた武夫だった。

「やあ、お爺《じい》さんがあんなことをしていらあ。」

武夫はこう囃《はや》しながら、いっさんに茶の間へ走って行った。

『玄鶴山房』

ユーモアは時には恐怖に似ています。

心をつかむフレーズ

玄鶴はやはり蒲団の側《そば》の褌のことを考えながら、薄目に甲野を見守っていた。すると――急に可笑しさを感じた。

「世界の捉え方」が文章力を決める

「六」では、玄鶴の告別式の状況が描かれています。

六

一週間ばかりたった後、玄鶴は家族たちに囲まれたまま、肺結核のために絶命した。彼の告別式は盛大（！）だった。（ただ、腰ぬけのお鳥だけはその式にも出るわけに行かなかった。）彼の家に集まった人々は重吉夫婦に悔《くや》みを述べた上、白い綸子《りんず》に蔽《おお》われた彼の柩《ひつぎ》の前に焼香した。が、門を出る時には大抵彼のことを忘れていた。もっとも彼の故朋輩《ほうばい》だけは例外だったのに違いなかった。「あの爺さんも本望だったろう。若い妾《めかけ》も持っていれば、小金もためていたんだから。」――彼らは誰も同じようにこんなことばかり話し合っていた。

『玄鶴山房』

ここでもまた視点を切り替えています。

古い知り合いの視点を取り入れることにより、寝ても起きても心を休めることができなかった玄鶴の苦しみなどまったく知るよしもない世間の人のありようを見事に書きこんでいるのです。

彼らは竈《かまど》に封印した後、薄汚い馬車に乗って火葬場の門を出ようとした。すると意外にもお芳が一人、煉瓦塀《れんがべい》の前に佇《たたず》んだまま、彼らの馬車に目礼していた。重吉はちょっと狼狽《ろうばい》し、彼の帽を上げようとした。しかし彼らを乗せた馬車はその時にはもう傾きながら、ポプラアの枯れた道を走っていた。

「あれですね？」

「うん、……俺たちの来た時もあすこにいたかしら。」

「さあ、乞食《こじき》ばかりいたように思いますがね。……あの女はこの先どうするでしょう？」

重吉は一本の敷島《しきしま》に火をつけ、出来るだけ冷淡に返事をした。

「さあ、どういうことになるか。……」

彼の従弟は黙っていた。が、彼の想像は上総《かずさ》のある海岸の漁師町を描いていた。それからその漁師町に住まなければならぬお芳親子も。――彼は急に険しい顔をし、いつかさしはじめた日の光の中にもう一度リイプクネヒトを読みはじめた。

『玄鶴山房』

最後に描かれたのは、火葬場を出る馬車に目礼するお芳の姿でした。重吉の従兄弟のセリフ、「さあ、乞食ばかりいたように思いますがね。……あの女はこの先どうするでしょう？」から、その後のお芳親子の行く末に含みを持たせています。

私が芥川の最晩年の作品『玄鶴山房』を紹介したのは、芥川の人間を観察する鋭い視線と、視点を変えることによって、一つの家の悲劇を立体的に描く文章力を知ってほしかったからです。

本物の文章力とは表面的な技巧にとどまるものではなく、「書き方」の練習をしたところで修得できるものではありません。

その人の世界の捉え方が、その人の文章力を決定するといっても過言ではありません。

心をつかむフレーズ

あの女はこの先どうするでしょう？

第4章

太宰に学ぶ魂を表現する文章術

金持ちでイケメンなのになぜ悩む？

すでに述べたように、太宰は社会的地位の高い、しかも資産家の家に生を受けます。容姿に恵まれ、勉強もでき、お茶目で人気者だったのですが、なぜ若い頃から自殺を考えたり、当時非合法である共産党活動に入ったりしたのか、改めて考えてみましょう。

「もし戦争が起ったなら」という題を与えられて、地震雷火事親爺《おやじ》、それ以上に怖い戦争が起ったなら先《ま》ず山の中へでも逃げ込もう、逃げるついでに先生をも誘おう、先生も人間、僕も人間、いくさの怖いのは同じであろう、と書いた。此の時には校長と次席訓導《くんどう》とが二人がかりで私を調べた。どういう気持で之《これ》を書いたか、と聞かれたので、私はただ面白半分に書きました、といい加減なごまかしを言った。次席訓導は手帖へ、『好奇心』と書き込んだ。それから私と次席訓

導とが少し議論を始めた。先生も人間、僕も人間、と書いてあるが、人間というものは皆おなじものか、と彼は尋ねた。そう思う、と私はもじもじしながら答えた。私はいったいに口が重い方であった。それでは僕と此《こ》の校長先生とは同じ人間でありながら、どうして給料が違うのだ、と彼に問われて私は暫《しば》らく考えた。そして、それは仕事がちがうからでないか、と答えた。鉄縁の眼鏡をかけ、顔の細い次席訓導は、私のその言葉をすぐ手帖に書きとった。私はかねてから此の先生に好意を持っていた。それから彼は私にこんな質問をした。君のお父さんと僕たちとは同じ人間か。私は困って何とも答えなかった。

『思い出』

これは太宰が一〇歳か一一歳の頃の思い出を振り返っているのですが、周囲の人間は太宰を生まれながら特別な人間と見なしていたエピソードです。

当時、東北地方には次々と飢饉《ききん》が襲い、働いても働いても食べていけず、娘の身売りが横行《おうこう》していた時代でした。その時、太宰一人が立派な服を着せられ、豪華な弁当を隠れるようにして食べていました。
そのことを誇りに思い、特権意識を抱く子供もいれば、逆にそれを負担に思い、自分の出自に苦悩する子供もいるのです。そして、太宰は後者の人間でした。

心をつかむフレーズ

それから彼は私にこんな質問をした。君のお父さんと僕たちとは同じ人間か。私は困って何とも答えなかった。

革命家になりたくてもなれない男

小学校四五年のころ、末の兄からデモクラシイという思想を聞き、母までデモクラシイのため税金がめっきり高くなって作米の殆《ほとん》どみんなを税金に

取られる、と客たちにこぼしているのを耳にして、私はその思想に心弱くうろたえた。そして、夏は下男たちの庭の草刈に手つだいしたり、冬は屋根の雪おろしに手を貸したりなどしながら、下男たちにデモクラシイの思想を教えた。そうして、下男たちは私の手助けを余りよろこばなかったのをやがて知った。私の刈った草などは後からまた彼等が刈り直さなければいけなかったらしいのである。

『思い出』

当時、東北地方にもデモクラシイ（民主主義）やマルクスの思想が入って来ました。

なぜこれほど働いても食べていくこともできないのか、それは一部の資本家が富を独占しているからだ、革命を起こして資本家をギロチンにかけろ、そういった思想が特に学生の間で急速に広がっていきます。

太宰はその通りだと思ったのです。そして、誘われるままに共産党活動に入っていきます。

太宰が戦後まもなく書いた作品に『苦悩の年鑑』があります。『思い出』が若い時を回想した小説だとすれば、『苦悩の年鑑』は彼の狂乱時代を回想した作品です。

プロレタリヤ独裁。

それには、たしかに、新しい感覚があった。協調ではないのである。独裁である。相手を例外なくたたきつけるのである。金持は皆わるい。貴族は皆わるい。金の無い一賤民《せんみん》だけが正しい。私は武装蜂起《ほうき》に賛成した。ギロチンの無い革命は意味が無い。

しかし、私は賤民でなかった。ギロチンにかかる役のほうであった。私は十九歳の、高等学校の生徒であった。クラスでは私ひとり、目立って華美な服装をしていた。いよいよこれは死ぬより他は無いと思った。

私はカルモチンをたくさん嚥下《えんげ》したが、死ななかった。

『苦悩の年鑑』

短い文章をたたきつけるような文体です。強烈な言葉を機関銃のようにたたきつけ、そして、最後に逆接の「しかし」でそれらをくるっとひっくり返してしまいます。

「しかし、私は賤民でなかった。ギロチンにかかる役のほうであった。」、と。

まさに太宰は読者の心を思うがままに操る術を身につけているのでしょう。

革命とは、自分の家族をギロチンにかけることでした。自分は輝かしき革命家にはなれない、結局は自分で自分を滅ぼすしかないと、太宰は思い詰めたのです。

心をつかむフレーズ

金持は皆わるい。貴族は皆わるい。金の無い一賤民だけが正しい。私は武装蜂起に賛成した。ギロチンの無い革命は意味が無い。しかし、私は賤民でなかった。ギロチンにかかる役のほうであった。

共産党活動からの逃避と芥川の死

何度も自殺を繰り返す太宰を、「弱さを売り物にしている」と批判する人もいます。それらの批判がまったくの的外れとまでは言いませんが、たとえば志《し》賀《が》直哉《なおや》（一八九三～一九七一）のように貴族の家柄に生まれ、学習院大学在学中から文壇の寵児《ちょうじ》となり、戦争中は沈黙を守り、戦後復活して「小説の神さま」と呼ばれる、そういった人生だって送ろうと思えば送れたはずです。

しかし、太宰は恵まれた生まれゆえに苦悩の人生を送らなければならなかったのです。

「死ぬには、及ばない。君は、同志だ。」と或る学友は、私を「見込みのある男」としてあちこちに引っぱり廻した。

私は金を出す役目になった。東京の大学へ来てからも、私は金を出し、そうして、

同志の宿や食事の世話を引受けさせせられた。（中略）
結局私は、生家をあざむき、つまり「戦略」を用いて、お金やら着物やらいろいろのものを送らせて、之《これ》を同志とわけ合うだけの能しか無い男であった。
『苦悩の年鑑』

共産党の活動家たちが太宰を同志として仲間に引き入れたのは、太宰のお金が目当てでした。太宰は彼らに乞われるままに、懸命に実家から金を〝盗み〟出します。そして、絶望のどん底に陥っていったのです。

そうやって彼らに利用されるたびに、太宰の罪悪感は深まるばかりでした。

結局、太宰は共産党活動から脱落していったのです。

その後、仲間からは裏切り者扱いされ、後に住処を転々と変えることになります。

昭和二年（一九二七）、太宰治に転機が訪れます。弘前《ひろさき》高等学校に入学のために、弘前市の遠縁の家に寄宿。この年の七月、芥川龍之介の自殺に衝撃を受けます。

実は太宰は芥川龍之介の文学に心酔していたのです。芥川の自殺の衝撃から、学業に専念せず、いわゆる文士の生活というものに憧れ、義太夫《ぎだゆう》を習い、青森で芸者遊びまでし始めました。

その結果、弘前高校に入学した時は三八人中六番だった成績が、二年生になると三五人中三一番にまで下がってしまいます。

そして、当時芸者であった小山初代《おやまはつよ》（一九一二〜四四）と出会いました。

昭和五年（一九三〇）、二二歳で、東京帝国大学仏文科に入学。太宰は上京し、戸塚で下宿することになるのですが、その年の秋、青森から小山初代を呼び寄せ、本所に住まわせます。

このあたりの事情は昭和一六年（一九四一）に発表された『東京八景』という作品に詳しく述べられています。

太宰は自分の実体験を踏まえて、主人公の名前や状況を変えながら繰り返し作品にしていますが、やはりそこにはかなり虚構を交えているので、作品の内容がそのまま実人生だと断定することはできません。

ただし、作品からその時の太宰自身の思いを推測することは可能です。

そのとしの秋に、女が田舎からやって来た。私が呼んだのである。Ｈである。Ｈとは、私が高等学校へはいったとしの初秋に知り合って、それから三年間あそんだ。無心の芸妓《げいぎ》である。私は、この女の為に、本所区東駒形《こまがた》に一室を借りてやった。大工さんの二階である。肉体的の関係は、そのとき迄《まで》いちども無かった。故郷から、長兄がその女の事でやって来た。七年前に父を喪《うしな》った兄弟は、戸塚の下宿の、あの薄暗い部屋で相会うた。兄は、急激に変化している弟の兇悪《きょうあく》な態度に接して、涙を流した。必ず夫婦にしていただく条件で、私は兄に女を手渡す事にした。手渡す驕慢《きょうまん》の弟より、受け取る兄のほうが、数層倍苦しかったに違いない。手渡すその前夜、私は、はじめて女を抱いた。

『東京八景』

ここでＨという女が登場しますが、Ｈは初代のイニシャルですので、太宰が小山初代との関係を読者に知らせていることは明らかです。

すでに父が死去し、津島家の当主は長兄に変わっていました。名誉ある津島家の人間が東京で共産党活動をし、しかも、突然芸者を呼び寄せて暮らし始めたのですから、長兄もびっくりしたことでしょう。

長兄は初代と別れるように説得しますが、太宰は初代との関係を断ち切ることに最後まで抵抗を示します。そこで長兄が出した条件は、将来の結婚の約束を認める代わりに、いったん初代を故郷に戻すということでした。

芸者の身分のまま同棲させるわけにはいかなかったのでしょう。さらに、太宰を津島家から分家させる約束も交わしました。このままではいつか津島家の名を汚すことになると杞憂《きゆう》したのでしょうが、このことが太宰を自暴自棄《じぼうじき》に追いやった一因ではないかと思います。

小山初代が故郷に帰り、一人になった太宰は絶望的な状況に追い詰められていったのです。

心をつかむフレーズ

必ず夫婦にしていただく条件で、私は兄に女を手渡す事にした。手渡す驕慢の弟より、受け取る兄のほうが、数層倍苦しかったに違いない。

鎌倉心中事件

兄は、女を連れて、ひとまず田舎へ帰った。女は、始終ぼんやりしていた。ただいま無事に家に着きました、という事務的な堅い口調の手紙が一通来たきりで、その後は、女から、何の便りもなかった。女は、ひどく安心してしまっているらしかった。私には、それが不平であった。こちらが、すべての肉親を仰天させ、母には地獄の苦しみを嘗《な》めさせてまで、戦っているのに、おまえ一人、無智《むち》な自信でぐったりしているのは、みっともないことである、と思った。毎日でも私

に手紙をよこすべきである、と思った。私を、もっともっと好いてくれてもいい、と思った。けれども女は、手紙を書きたがらないひとであった。私は、絶望した。朝早くから、夜おそくまで、れいの仕事の手助けに奔走した。人から頼まれて、拒否した事は無かった。自分のその方面における能力の限度が、少しずつ見えて来た。私は、二重に絶望した。

『東京八景』

昭和五年、太宰の転機となる年です。

太宰は銀座のカフェの女給で人妻であった田部シメ子（一九一二〜三〇）と鎌倉・腰越《こしごえ》に投身自殺をし、女だけが死に、自分一人だけが生き残りました。太宰は自殺幇助《ほうじょ》罪に問われたのですが、結局起訴猶予となっています。

その時の自殺の理由として、『東京八景』では、小山初代からの手紙がなく、絶望したこと、そして、共産党活動に絶望したこととしています。

この事件が、その後の太宰の運命を決定的なものにします。

『芥川・太宰に学ぶ 心をつかむ文章講座』刊行記念

出口 汪
プレミアム講義開催！

“現代文のカリスマ”出口汪がこの書籍で書き切れなかったこと、次回作のテーマなど文学の面白さをこれでもか！いうくらい語るプレミアムな講義です！
来場者には本書収録の「出口汪 × 齋藤孝」の対談完全版をプレゼント！

- **講義は１１月上旬に開催予定です。**
- **会場：東京・大阪**
- **参加料：1000 円（税込）**

応 募 方 法

参加希望の方は水王舎ホームページの「お問い合わせ」のページにアクセスしタイトルに「プレミアム講義希望」､内容に「氏名・あなたのアドレス」を明記して送ってください。

受付締め切り１０月末日
水王舎ホームページ ◎ http://www.suiohsha.jp/contact/
連絡先 水王舎 営業部 ◎ TEL03-5909-8920

※詳細は応募された方にお知らせいたします。応募者多数の場合は抽選となります。

銀座裏のバアの女が、私を好いた。好かれる時期が、誰にだって一度ある。不潔な時期だ。私は、この女を誘って一緒に鎌倉の海へはいった。破れた時は、死ぬ時だと思っていたのである。れいの反神的な仕事にも破れかけた。肉体的にさえ、とても不可能なほどの仕事を、私は卑怯《ひきょう》と言われたくないばかりに、引受けてしまっていたのである。Hは、自分ひとりの幸福の事しか考えていない。おまえだけが、女じゃないんだ。おまえは私の苦しみを知ってくれなかったから、こういう酬《むく》いを受けるのだ。ざまを見ろ。私には、すべての肉親と離れてしまったことが一ばん、つらかった。Hとのことで、母にも、兄にも、叔母にも呆れられてしまったという自覚が、私の投身の最も直接な一因であった。女は死んで、私は生きた。死んだひとのことについては、以前に何度も書いた。私の生涯の、黒点である。私は、留置場に入れられた。取調べの末、起訴猶予になった。昭和五年の歳末のことである。兄たちは、死にぞこないの弟に優しくしてくれた。

長兄はHを、芸妓の職から解放し、その翌《あく》るとしの二月に、私の手許《てもと》に送って寄こした。言約を潔癖に守る兄である。Hはのんきな顔をしてやって来た。五反田《ごたんだ》の、島津公分譲地の傍に三十円の家を借りて住んだ。Hは甲斐甲斐《かいがい》しく立ち働いた。私は、二十三歳、Hは、二十歳である。

『東京八景』

田部シメ子も売れない画家の夫との暮らしに疲れ果て、貧乏のどん底で死にたいという思いを抱えており、同じように死にたいと思っていた太宰と一瞬波長が合ったのかもしれません。

二人は心中しようとしますが、結果として、女だけを死なせてしまったのです。

そのことの罪悪感が生涯太宰の心を苛《さいな》み続けることになります。

太宰はこの事件を主人公の名前を変えながら、様々な小説の中で繰り返し再現します。そのひとつに、『道化の華』があります。

主人公の名は大庭葉藏《おおばようぞう》、園というのは女の名前で、田部シメ子がモデルと思われます。

「ここを過ぎて悲しみの市《まち》。」

友はみな、僕からはなれ、かなしき眼もて僕を眺める。友よ、僕と語れ、僕を笑え。ああ、友はむなしく顔をそむける。友よ、僕に問へ。僕はなんでも知らせよう。僕はこの手もて、園を水にしづめた。僕は悪魔の傲慢《ごうまん》さもて、われよみがえるとも園は死ね、と願ったのだ。もっと言おうか。ああ、けれども友は、ただかなしき眼もて僕を眺める。

大庭葉蔵はベッドのうえに坐って、沖を見ていた。沖は雨でけむっていた。

夢より醒め、僕はこの数行を読みかえし、その醜さといやらしさに、消えもいりたい思いをする。やれやれ、大仰きわまったり。

『道化の華』

さて、注目すべきは太宰の表現の仕方です。

前半は自分の罪を主人公がデスペレート（絶望的）な調子で告白します。ところが、後半は一転そうした自分を客観的に見て、冷笑しているのです。

この第三者の視点が太宰の文章術の大きな特徴であり、それだからこそ『走れメロス』や『女生徒』などの、自分の分身のような人物の告白体ではない数多くの作品を残せたのでしょう。

太宰は自分の苦しみを叫び続けながら、それを冷静な筆致で描写します。そこが、ただ泣き叫ぶだけの子供とは決定的に異なるのです。

不可思議な人間とのコミュニケーションの手段が、太宰にとって「道化」であるならば、太宰は小説の中でも「道化」を表現手段としています。

事実をそのまま表現するのではなく、読者の心をつかむために様々な脚色をします。

「道化」とは読者に対する一種のサービスです。太宰が道化師を演じるならば、今で言うお笑い芸人――そういった意味では又吉直樹さんとも通じるところがあるように思われます。

心をつかむフレーズ

僕は悪魔の傲慢さもて、われよみがえるとも園は死ね、と願ったのだ。もっと言おうか。ああ、けれども友は、ただかなしき眼もて僕を眺める。

演じられた人生の果てに

或《あ》る日の事、同じ高等学校を出た経済学部の一学生から、いやな話を聞かされた。煮え湯を飲むような気がした。まさか、と思った。知らせてくれた学生を、かえって憎んだ。Ｈに聞いてみたら、わかる事だと思った。いそいで八《はっ》丁堀《ちょうぼり》、材木屋の二階に帰って来たのだが、なかなか言い出しにくかった。初夏の午後である。西日が部屋にはいって、暑かった。私は、オラガビイルを一本、Ｈに買わせた。当時、オラガビイルは、二十五銭であった。その一本を飲んで、もう一

本、と言ったら、Hに呶鳴《どな》られた。呶鳴られて私も、気持に張りが出て来て、きょう学生から聞いて来た事を、努めてさりげない口調で、Hに告げることが出来た。Hは半可臭《はんかくさ》い、と田舎の言葉で言って、怒ったように、ちらと眉をひそめた。それだけで、静かに縫い物をつづけていた。濁った気配は、どこにも無かった。私は、Hを信じた。

その夜私は悪いものを読んだ。ルソオの懺悔録《ざんげろく》であった。ルソオが、やはり細君の以前の事で、苦汁を嘗《な》めた箇所に突き当り、たまらなくなって来た。私は、Hを信じられなくなったのである。その夜、とうとう吐き出させた。学生から聞かされた事は、すべて本当であった。もっと、ひどかった。掘り下げて行くと、際限が無いような気配さえ感ぜられた。私は中途で止めてしまった。

私だとて、その方面では、人を責める資格が無い。鎌倉の事件は、どうしたことだ。けれども私は、その夜は煮えくりかえった。私はその日までHを、謂《い》わば掌中《しょうちゅう》の玉のように大事にして、誇っていたのだということに気附いた。こいつの為に生きていたのだ。私は女を、無垢《むく》のままで救ったとばかり思っていたのである。

Hの言うままを、勇者の如く単純に合点していたのである。友人達にも、私は、それを誇って語っていた。Hは、このように気象が強いから、僕の所へ来る迄は、守りとおす事が出来たのだと。目出度《めでた》いとも、何とも、形容の言葉が無かった。馬鹿息子である。女とは、どんなものだか知らなかった。私はHの欺瞞《ぎまん》を憎む気は、少しも起らなかった。告白するHを可愛いとさえ思った。背中を、さすってやりたく思った。私は、ただ、残念であったのである。私は、いやになった。自分の生活の姿を、棍棒《こんぼう》で粉砕したく思った。要するに、やり切れなくなってしまったのである。私は、自首して出た。

『東京八景』

太宰は小山初代を無垢のまま救ったと信じ込んでいました。ところが、初代は数多くの男性と過ちを犯していたのです。

絶望した太宰は、自暴自棄となって非合法である共産党活動に参加していたと、警察に自首して出たのです。

その結果、仲間から裏切り者とされ、名前を変えてまで身を隠さなければならなくなりました。

共産党活動からの脱落も、鎌倉の心中事件と重なって、太宰に深い罪悪感を植え付けたのです。

私は或る期間、穴蔵《あなぐら》の中で、陰鬱なる政治運動に加担していた。月のない夜、私ひとりだけ逃げた。残された仲間は、すべて、いのちを失った。私は、大地主の子である。転向者の苦悩？　なにを言うのだ。あれほどたくみに裏切って、いまさら、ゆるされると思っているのか。裏切者なら、裏切者らしく振舞うがいい。

『虚構の春』

この時期のことを、「東京八景」では、こうも書いています。

遺書を綴った。「思い出」百枚である。今では、この「思い出」が私の処女作という事になっている。自分の幼時からの悪を、飾らずに書いて置きたいと思ったのである。二十四歳の秋の事である。草蓬々《ほうほう》の広い廃園を眺めながら、私は離れの一室に坐《すわ》って、めっきり笑を失っていた。私は、再び死ぬつもりでいた。きざと言えば、きざである。いい気なものであった。私は、やはり、人生をドラマと見做《みな》していた。いや、ドラマを人生と見做していた。もう今は、誰の役にも立たぬ。唯一のHにも、他人の手垢《てあか》が附《つ》いていた。生きて行く張合いが全然、一つも無かった。ばかな、滅亡の民の一人として、死んで行こうと、覚悟をきめていた。時潮が私に振り当てた役割を、忠実に演じてやろうと思った。必ず人に負けてやる、という悲しい卑屈な役割を。

『東京八景』

太宰は「遺書」として、「思い出」をはじめとする短編集『晩年』の作品を書き始めます。それを書き終えた後に、自殺をするつもりだったのです。

それにしても、この過剰な表現はどうでしょうか？

悪く言うと、自己陶酔型の表現ですが、ここまでいくと逆に「見事」と言うしかありません。

「私は、やはり、人生をドラマと見做《みな》していた。いや、ドラマを人生と見做していた。」

ドラマとは演技をすることです。太宰にとって、人生そのものが演技による虚構の産物でした。その演技に見事な表現を与えたのは、彼の冷徹な洞察力と見事な文章術だったのです。

自分の心の動きを冷静に分析し、それを客観的に捉えることができなければ、単なる独りよがりの文章に過ぎず、これほど人の心をつかむ表現など不可能だったに違いありません。

私たちは太宰の文章を読むことで、太宰の心に寄り添った気持ちになり、自分も自己陶酔ができるのです。もしかすると、太宰は陰で舌を出しているかもしれませんが。

心をつかむフレーズ

ばかな、滅亡の民の一人として、死んで行こうと、覚悟をきめていた。時潮が私に振り当てた役割を、忠実に演じてやろうと思った。必ず人に負けてやる、という悲しい卑屈な役割を。

小説の悪魔にとりつかれて

けれども人生は、ドラマでなかった。二幕目は誰も知らない。「滅び」の役割を以て登場しながら、最後まで退場しない男もいる。小さい遺書のつもりで、こんな穢《きたな》い子供もいましたという幼年及び少年時代の私の告白を、書き綴ったのであるが、その遺書が、逆に猛烈に気がかりになって、私の虚無に幽《かす》かな燭燈《ともし》がともった。死に切れなかった。その「思い出」一篇だけでは、なんとしても、

不満になって来たのである。どうせ、ここまで書いたのだ。全部を書いて置きたい。きょう迄の生活の全部を、ぶちまけてみたい。あれも、これも。書いて置きたい事が一ぱい出て来た。まず、鎌倉の事件を書いて、駄目。どこかに手落《ておち》が在《あ》る。さらに又、一作書いて、やはり不満である。溜息ついて、また次の一作にとりかかる。ピリオドを打ち得ず、小さいコンマの連続だけである。永遠においでおいでの、あの悪魔《デモン》に、私はそろそろ食われかけていた。蟷螂《とうろう》の斧《おの》である。

『東京八景』

皮肉なことに、遺書のつもりで小説を書いているうちに、小説の悪魔にとりつかれ、死ぬに死ねなくなったのです。

ここでも私たちが学ぶべき「心をつかむ表現」が目白押しですね。私など、何度読んでもその表現の華麗さにため息をついてしまいます。自分の人生を脚色する面白さ、まさにそれが芸術の悪魔なのでしょう。

何かの折に思い切って太宰のようなフレーズを気取って使ってみると、また世界が異なって見えてくるかもしれません。
感覚というのは、異質の感覚にどっぷりと浸ることで、新たな輝きを持って蘇ってくるものなのです。

心をつかむフレーズ

けれども人生は、ドラマでなかった。二幕目は誰も知らない。「滅び」の役割を以て登場しながら、最後まで退場しない男もいる。

鎌倉縊死事件

私は二十五歳になっていた。昭和八年である。私は、このとしの三月に大学を卒業しなければならなかった。けれども私は、卒業どころか、てんで

試験にさえ出ていない。故郷の兄たちは、それを知らない。ばかな事ばかり、やらかしたがそのお詫《わ》びに、学校だけは卒業して見せてくれるだろう。それくらいの誠実は持っている奴《やつ》だと、ひそかに期待していた様子であった。私は見事に裏切った。卒業する気は無いのである。信頼している者を欺《あざむ》くことは、狂せんばかりの地獄である。それからの二年間、私は、その地獄の中に住んでいた。来年は、必ず卒業します。どうか、もう一年、おゆるし下さい、と長兄に泣訴《きゅうそ》しては裏切る。そのとしも、そうであった。その翌《あく》るとしも、そうであった。死ぬるばかりの猛省と自嘲と恐怖の中で、死にもせず私は、身勝手な、遺書と称する一聯《いちれん》の作品に凝っていた。これが出来たならば。そいつは所詮《しょせん》、青くさい気取った感傷に過ぎなかったのかも知れない。けれども私は、その感傷に、命を懸《か》けていた。私は書き上げた作品を、大きい紙袋に、三つ四つと貯蔵した。次第に作品の数も殖《ふ》えて来た。私は、その紙袋に毛筆で、『晩年』と書いた。その一聯《いちれん》の遺書の、銘題のつもりであった。もう、これで、おしまいだという意味なのである。

『東京八景』

鎌倉心中事件、小山初代の裏切り、共産党活動からの逃避と、太宰は死ぬことばかり考えていたし、自殺の理由はいくらでも数え上げることができました。

ただ死ぬ前にこれだけは書いておきたいと、文学のデーモン（悪魔）にとりつかれた太宰は一日一日死ぬ日を延ばしていたのです。

太宰はもともと生活能力がなく、生活費の大方を実家の仕送りに頼っていました。その仕送りも卒業までとの約束だったのです。

仕送りを止められることの恐怖から、太宰は初代や実家の人たちの前で、ひたすら大学を卒業し、就職する演技をしていたのです。

あくる年、三月、そろそろまた卒業の季節である。私は、某新聞社の入社試験を受けたりしていた。同居の知人にも、またHにも、私は近づく卒業にいそいそしているように見せ掛けたかった。新聞記者になって、一生平凡に暮すのだ、と言って一家を明るく笑わせていた。どうせ露見する事なのに、一日でも一

刻でも永く平和を持続させたくて、人を驚愕《きょうがく》させるのが何としても恐しくて、私は懸命に其《そ》の場かぎりの嘘をつくのである。私は、いつでも、そうであった。そうして、せっぱつまって、死ぬ事を考える。結局は露見して、人を幾層倍も強く驚愕させ、激怒させるばかりであるのに、どうしても、その興覚《きょうざ》めの現実を言い出し得ず、もう一刻、もう一刻と自ら虚偽の地獄を深めている。もちろん新聞社などへ、はいるつもりも無かったし、また試験にパスする筈《はず》も無かった。完璧の瞞着《まんちゃく》の陣地も、今は破れかけた。死ぬ時が来た、と思った。私は三月中旬、ひとりで鎌倉へ行った。昭和十年である。私は鎌倉の山で縊死《いし》を企てた。

　やはり鎌倉の、海に飛び込んで騒ぎを起してから、五年目の事である。私は泳げるので、海で死ぬのは、むずかしかった。私は、かねて確実と聞いていた縊死を選んだ。けれども私は、再び、ぶざまな失敗をした。息を、吹き返したのである。私の首は、人並はずれて太いのかも知れない。首筋が赤く爛《ただ》れたままの姿で、私は、ぼんやり天沼《あまぬま》の家に帰った。

『東京八景』

太宰は子供の頃から、人と接するために道化を演じ続けてきました。道化とは必死のサービスですが、裏を返せば、本心を隠し、人を欺《だま》し続ける行為です。うまく欺せば欺すほど、罪悪感が深くなっていきます。

愛するもの、自分を信じるもの、大切な人たちほど、より信じさせなければならないので、いつばれるかと必死の道化を演じ続けるのです。

考えてみれば、道化師は仕事のわざとして道化を演じます。小説家も作り話をさもそれが真実のように表現するわけですから、基本的には嘘つきなのです。太宰の場合、実人生で演技し、それを小説の中で虚飾していくわけですから、二重の意味で道化師だったのでしょう。

その結果、鎌倉の山で首を吊ることになります。しかし、この自殺も狂言自殺だった可能性が大きいのです。

心をつかむフレーズ

どうせ露見する事なのに、一日でも一刻でも永く平和を持続させたくて、人を驚愕させるのが何としても恐しくて、私は懸命にその場かぎりの嘘をつくのである。私は、いつでも、そうであった。そうして、せっぱつまって、死ぬ事を考える。

人の情を知り、生きようと思うが…

自分の運命を自分で規定しようとして失敗した。ふらふら帰宅すると、見知らぬ不思議な世界が開かれていた。Hは、玄関で私の背筋をそっと撫《な》でた。他の人も皆、よかった、よかったと言って、私を、いたわってくれた。人生の優しさに私は呆然とした。長兄も、田舎から駈《か》けつけて来ていた。私は、長兄に厳

しく罵倒《ばとう》されたけれども、その兄が懐しくて、慕わしくて、ならなかった。私は、生まれてはじめてと言っていいくらいの不思議な感情ばかりを味わった。

思いも設けなかった運命が、すぐ続いて展開した。それから数日後、私は劇烈な腹痛に襲われたのである。私は一昼夜眠らずに怺《こら》えた。湯たんぽで腹部を温めた。気が遠くなりかけて、医者を呼んだ。私は蒲団《ふとん》のままで寝台車に乗せられ、阿佐ケ《あさが》谷《や》の外科病院に運ばれた。すぐに手術された。盲腸炎である。医者に見せるのが遅かった上に、湯たんぽで温めたのが悪かった。腹膜に膿《うみ》が流出していて、困難な手術になった。手術して二日目に、咽喉《のど》から血塊がいくらでも出た。前からの胸部の病気が、急に表面にあらわれて来たのであった。私は、虫の息になった。

『東京八景』

皮肉なものです。

太宰は死ぬことばかり考えていたのですが、この時、初めて人の情を知ったのです。一晩帰らなかったので、初代だけでなく、長兄も故郷から駆けつけ、自分が無事に帰ったのを知ると、心から喜んでくれたのです。

　この人たちのために生きようと、生まれて初めて生きる意味を見出した時、一晩夜露《よつゆ》に濡れたのが災いしたのか、盲腸炎を起こし、生死を彷徨《さまよ》うことになります。

そのとしの秋以来、時たま東京の街に現れる私の姿は、既《すで》に薄穢《うすぎたな》い半狂人であった。その時期の、様々の情ない自分の姿を、私は、みんな知っている。忘れられない。私は、日本一の陋劣《ろうれつ》な青年になっていた。十円、二十円の金を借りに、東京へ出て来るのである。雑誌社の編輯員《へんしゅういん》の面前で、泣いてしまった事もある。あまり執拗《しっこ》くたのんで編輯員に呶鳴《どな》られた事もある。その頃は、私の原稿も、少しは金になる可能性があったのである。私が阿佐ヶ谷の病院や、経堂《きょうどう》の病院に寝ている間に、友人達の奔走に依《よ》り、私の、あの紙袋の中の「遺書」は二つ三つ、いい雑誌に発表せられ、その反響として起った罵倒の言葉も、また支持の言葉も、共に私には強烈すぎて狼狽《ろうばい》、不安の為に逆上して、薬品中毒は一層すすみ、あれこれ苦しさの余り、のこのこ雑誌社に出掛けては編輯員または社長にまで面会

を求めて、原稿料の前借をねだるのである。自分の苦悩に狂いすぎて、他の人もまた精一ぱいで生きているのだという当然の事実に気附《きづ》かなかった。あの紙袋の中の作品も、一篇残さず売り払ってしまった。もう何も売るものが無い。すぐには作品も出来なかった。既に材料が枯渇《こかつ》して、何も書けなくなっていた。その頃の文壇は私を指さして、「才あって徳なし」と評していたが、私自身は、「徳の芽あれども才なし」であると信じていた。私には所謂《いわゆる》、文才というものは無い。からだごと、ぶっつけて行くより、てを知らなかった。野暮天《やぼてん》である。一宿一飯の恩義などという固苦しい道徳に悪くこだわって、やり切れなくなり、逆にやけくそに破廉恥《はれんち》ばかり働く類《たぐい》である。私は厳しい保守的な家に育った。借銭は、最悪の罪であった。借銭から、のがれようとして、更に大きい借銭を作った。あの薬品の中毒をも、借銭の慚愧《ざんき》を消すために、もっともっと、と自ら強くした。薬屋への支払いは、増大する一方である。私は白昼の銀座をめそめそ泣きながら歩いた事もある。金が欲しかった。私は二十人ちかくの人から、まるで奪い取るように金を借りてしまった。死ねなかった。その借銭を、きれいに返してしまってから、死にたく思っていた。

私は、人から相手にされなくなった。船橋へ転地して一箇年経って、昭和十一年の秋に私は自動車に乗せられ、東京、板橋区の或《あ》る病院に運び込まれた。一夜眠って、眼が覚めてみると、私は脳病院の一室にいた。

『東京八景』

ここから太宰の真の狂乱時代が始まります。

手術の経過が思わしくなく、痛み止めのために注射したパビナールから、麻薬中毒となり、太宰は薬代ほしさに知人・友人に借金をしまくります。

その姿はまさに狂人でした。

心をつかむフレーズ

自分の苦悩に狂いすぎて、他の人もまた精一ぱいで生きているのだという当然の事実に気附かなかった。

人間、失格！

いまはもう自分は、罪人どころではなく、狂人でした。いいえ、断じて自分は狂ってなどいなかったのです。一瞬間といえども、狂ったことはないんです。けれども、ああ、狂人は、たいてい自分のことをそう言うものだそうです。つまり、この病院にいれられた者は気違い、いれられなかった者は、ノーマルということになるようです。

神に問う。無抵抗は罪なりや?

堀木のあの不思議な美しい微笑に自分は泣き、判断も抵抗も忘れて自動車に乗り、そうしてここに連れて来られて、狂人ということになりました。いまに、ここから出ても、自分はやっぱり狂人、いや、廃人という刻印を額に打たれることでしょう。

人間、失格。

『人間失格』

もはや、自分は、完全に、人間でなくなりました。

一定期間入院させないと、薬物中毒を治すことはできません。この太宰の入院は、初代と師匠である井伏鱒二（一八九八〜一九九三）が心配のあまり強引に決めたことなのですが、太宰にとってみればもっとも愛する人と尊敬する人からも自分は狂人としか見られていないと衝撃を受け、それが後に『人間失格』という作品を生み出すことになります。

もちろん、『人間失格』もあくまで虚構の物語であり、事実そのものではありませんが、太宰の本音が垣間見えるようで興味深いです。

それにしても、「人間、失格。もはや、自分は、完全に、人間でなくなりました。」と、最後に決めのフレーズ。この辺りが人の心をつかむ表現なのでしょう。

心をつかむフレーズ

人間、失格。
もはや、自分は、完全に、人間でなくなりました。

どん底の、さらにどん底へ

私は天沼のアパートに帰り、あらゆる望みを放棄した薄よごれた肉体を、ごろりと横たえた。私は、はや二十九歳であった。何も無かった。私には、どてら一枚。Hも、着たきりであった。もう、この辺が、どん底というものであろうと思った。長兄からの月々の仕送りに縋《すが》って、虫のように黙って暮した。けれども、まだまだ、それは、どん底ではなかった。そのとしの早春に、私は或る洋画家から思いも設けなかった意外の相談を受けたのである。ごく親しい友人で

あった。私は話を聞いて、窒息しそうになった。Hが既に、哀しい間違いを、していたのである。あの、不吉な病院から出た時、自動車の中で、私の何でも無い抽象的な放言に、ひどくどぎまぎしたHの様子がふっと思い出された。私はHに苦労をかけて来たが、けれども、生きて在る限りはHと共に暮して行くつもりでいたのだ。私の愛情の表現は拙《つたな》いから、Hも、また洋画家も、それに気が附いてくれなかったのである。相談を受けても、私には、どうする事も出来なかった。私は、誰にも傷をつけたく無いと思った。三人の中では、私が一番の年長者であった。私だけでも落ちついて、立派な指図をしたいと思ったのだが、やはり私は、あまりの事に顛倒《てんとう》し、狼狽し、おろおろしてしまって、かえってHたちに軽蔑されたくらいであった。何も出来なかった。そのうちに洋画家は、だんだん逃腰《にげごし》になった。私は、苦しい中でも、Hを不憫《ふびん》に思った。Hは、もう、死ぬるつもりでいるらしかった。どうにも、やり切れなくなった時に、私も死ぬ事を考える。二人で一緒に死のう。神さまだって、ゆるしてくれる。私たちは、仲の良い兄妹のように、旅に出た。水上《みなかみ》温泉。その夜、二人は山で自殺を行った。Hを死なせては、ならぬと思った。私は、その事に努力した。Hは、生きた。私も見事に失敗した。薬品を用いたのである。
『東京八景』

太宰が薬物中毒を治すため、地獄の苦しみを味わい、ようやく退院して、今度こそ生まれ変わり、初代と人生をやり直そうと思っていたところ、初代は太宰が入院中に、面倒を見ていた若い画家と姦通事件を起こしていたのでした。

初代は泣きながらすべてを告白し、二人を一緒にして欲しいと哀願します。太宰はただ狼狽するばかりです。

ところが、いざ太宰が二人の関係を認めると、その相手はしだいに初代を避けるようになったのです。

初代はもうどうしていいのか、分からない。死にたいと訴えます。そこで、太宰は自分も生きていても仕方がない、一緒に死のうと、心中を計画することになるのです。

この心中事件も数々の作品の中で繰り返し表現されることになります。

「なんだ。」

異様に殺気立ち、ふたり、屋上から二階へ降り、二階から、さらに階下の自分の部屋へ降りる階段の中途で堀木は立ち止まり、

「見ろ！」

と小声で言って指差します。

自分の部屋の上の小窓があいていて、そこから部屋の中が見えます。電気がついたままで、二匹の動物がいました。

自分は、ぐらぐら目まいしながら、これもまた人間の姿だ、これもまた人間の姿だ、おどろくことは無い、など劇《はげ》しい呼吸とともに胸の中で呟《つぶや》き、ヨシ子を助けることも忘れ、階段に立ちつくしていました。

堀木は、大きい咳ばらいをしました。自分は、ひとり逃げるようにまた屋上に駈《か》け上り、寝ころび、雨を含んだ夏の夜空を仰ぎ、そのとき自分を襲った感情は、怒りでもなく、嫌悪でもなく、また、悲しみでもなく、もの凄まじい恐怖でした。それも、墓地の幽霊などに対する恐怖ではなく、神社の杉木立《すぎこだち》で白衣の御神体に逢《あ》った時に感ずるかも知れないような、四の五の言わさぬ古代の荒々しい恐怖感でした。自分の若白髪は、その夜からはじまり、いよいよ、すべてに自信を失い、いよいよ、ひとを底知れず疑い、この世の営みに対する一さいの期待、よろこび、共鳴などから永遠にはなれるようになりました。実に、それは自分の生涯において、決定的な事件でした。自分は、まっこうから眉間《みけん》を割られ、そうしてそれ以来その傷は、どんな人間にでも接近するごとに痛むのでした。

『人間失格』

初代の姦通事件を材にした場面でした。ここでは初代が「ヨシ子」と名前を変えていますす。もちろんここでも虚飾を交えているのですが、太宰がこの事件で心中を決意するほどのショックを受けたことだけは間違いありません。

ゆるすも、ゆるさぬもありません。ヨシ子は信頼の天才なのです。ひとを疑うことを知らなかったのです。しかし、それゆえの悲惨。

神に問う。信頼は罪なりや。

　ヨシ子が汚されたということよりも、ヨシ子の信頼が汚されたということが、自分にとってそののち永く、生きておられないほどの苦悩の種になりました。自分のような、いやらしくおどおどして、ひとの顔いろばかり伺い、人を信じる能力が、ひび割れてしまっているものにとって、ヨシ子の無垢《むく》な信頼心は、それこそ青葉の滝のようにすがすがしく思われていたのです。それが一夜で、黄色い汚水に変わってしまいました。見よ、ヨシ子は、その夜から自分の一顰《いっぴん》一笑にさえ気を遣《つか》うようになりました。

「おい。」

　と呼ぶと、ぴくっとして、もう眼のやり場に困っている様子です。どんなに自分が笑わせようとして、お道化を言っても、おろおろし、びくびくし、やたらに自分に敬語を遣うようになりました。

果して、無垢の信頼心は、罪の原泉なりや。

『人間失格』

小山初代は無学・無知な女性でしたが、人を疑うことを知らず、それゆえ、人に欺され、男たちに弄《もてあそ》ばれることになるのです。

道化を演じなければ人と接することができない太宰と、純粋で疑うことを知らない初代とは、この濁世ではとても生きていけない存在なのでしょうか。

「無垢の信頼心は、罪の原泉なりや。」と、太宰は自分に問いかけるのです。

心をつかむフレーズ

自分のような、いやらしくおどおどして、ひとの顔いろばかり伺い、人を信じる能力が、ひび割れてしまっているものにとって、ヨシ子の無垢の信頼心は、それこそ青葉の滝のようにすがすがしく思われていたのです。それが一夜で、黄色い汚水に変ってしまいました。

水上温泉心中

太宰は初代と水上温泉で心中をしようとします。その事件を後に『姥捨《うばすて》』という作品にしています。心中の場面をたんたんと述べていますので、少し長いですが、紹介することにしましょう。

路の左側の杉林に、嘉七《かしち》は、わざとゆっくりはいっていった。かず枝もつづいた。雪は、ほとんどなかった。落葉が厚く積っていて、じめじめぬかった。かまわず、ずんずん進んだ。急な勾配《こうばい》は這《は》ってのぼった。死ぬことにも努力が要《い》る。ふたり坐《すわ》れるほどの草原を、やっと捜し当てた。そこには、すこし日が当って、泉もあった。

「ここにしよう。」疲れていた。

かず枝はハンケチを敷いて坐って嘉七に笑われた。かず枝は、ほとんど無言であった。風呂敷包から薬品をつぎつぎ取り出し、封を切った。嘉七は、それを取りあげて、

「薬のことは、私でなくちゃわからない。どれどれ、おまえは、これだけのめばいい。」

「すくないのねえ。これだけで死ねるの？」

「はじめのひとは、それだけで死ねます。私は、しじゅうのんでいるから、おまえの十倍はのまなければいけないのです。生きのこったら、めもあてられんからなあ。」生きのこったら、牢屋《ろうや》だ。

けれどもおれは、かず枝に生き残らせて、そうして卑屈な復讐をとげようとしているのではないか。まさか、そんな、あまったるい通俗小説じみた、——腹立たしくさえなって、嘉七は、てのひらから溢《あふ》れるほどの錠剤を泉の水で、ぐっ、ぐっとのんだ。かず枝も、下手な手つきで一緒にのんだ。

接吻して、ふたりならんで寝ころんで、

「じゃあ、おわかれだ。生き残ったやつは、つよく生きるんだぞ。」

嘉七は、催眠剤だけでは、なかなか死ねないことを知っていた。そっと自分のからだを崖《がけ》のふちまで移動させて、兵古帯《へこおび》をほどき、首に巻きつけ、その端を桑に似た幹にしばり、眠ると同時に崖から滑り落ちて、そうしてくびれて死ぬる、そんな仕掛けにして置いた。まえから、そのために崖のうえのこの草原を、とくに選定したのである。眠った。ずるずる滑っているのをかすかに意識した。

寒い。眼をあいた。まっくらだった。月かげがこぼれ落ちて、ここは？――はっと気附いた。

おれは生き残った。

のどへ手をやる。兵古帯は、ちゃんとからみついている。腰が、つめたかった。水たまりに落ちていた。それでわかった。崖に沿って垂直に下に落ちず、からだが横転して、崖のうえの窪地《くぼち》に落ち込んだ。窪地には、泉からちょろちょろ流れ出す水がたまって、嘉七の背中から腰にかけて骨まで凍るほど冷たかった。

おれは、生きた。死ねなかったのだ。これは、厳粛の事実だ。このうえは、かず枝を死なせてはならない。ああ、生きているように、生きているように。

四肢萎《しな》えて、起きあがることさえ容易でなかった。渾身のちからで、起き直り、木の幹に結びつけた兵古帯をほどいて首からはずし、水たまりの中にあぐらをかいて、あたりをそっと見廻した。かず枝の姿は、無かった。

這いまわって、かず枝を捜した。崖の下に、黒い物体を認めた。小さい犬ころのようにも見えた。そろそろ崖を這い降りて、近づいて見ると、かず枝であった。その脚をつかんでみると、冷たかった。死んだか？　自分の手のひらを、かず枝の口に軽くあてて、呼吸をしらべた。無かった。ばか！　死にやがった。わがままなやつだ。異様な憤怒《ふんど》で、かっとなった。あらあらしく手首をつかんで脈をしらべた。かすかに脈搏《みゃくはく》が感じられた。生きている。生きている。胸に手をいれてみた。温かった。なあんだ。ばかなやつ。生きていやがる。偉いぞ、偉いぞ。ずいぶん、いとしく思われた。あれくらいの分量で、まさか死ぬわけはない。ああ、あ。多少の幸福感を以て、かず枝の傍に、仰向に寝ころがった。それ切り嘉七は、また、わからなくなった。

二度目にめがさめたときには、傍のかず枝は、ぐうぐう大きな鼾《いびき》をかいていた。嘉七は、それを聞いていながら、恥ずかしいほどであった。丈夫なやつだ。

「おい、かず枝。しっかりしろ。生きちゃった。ふたりとも、生きちゃった。」苦笑しながら、かず枝の肩をゆすぶった。

かず枝は、安楽そうに眠りこけていた。深夜の山の杉の木は、にょきにょき黙ってつっ立って、尖《とが》った針の梢《こずえ》には、冷い半月がかかっていた。なぜか、涙が出た。しくしく嗚咽《おえつ》をはじめた。おれは、まだまだ子供だ。子供が、なんでこんな苦労をしなければならぬのか。

突然、傍のかず枝が、叫び出した。

「おばさん。いたいよう。胸が、いたいよう。」笛の音に似ていた。

嘉七は驚駭《きょうがい》した。こんな大きな声を出して、もし、誰か麓《ふもと》の路を通るひとにでも聞かれたら、たまったものでないと思った。

「かず枝、ここは、宿ではないんだよ。おばさんなんていないのだよ。」

わかる筈《はず》がなかった。いたいよう、いたいようと叫びながら、からだを苦しげにくねくねさせて、そのうちにころころ下にころがっていった。ゆるい勾配が、麓の街道までもかず枝のからだをころがして行くように思われ、嘉七も無理に自分のからだをころがしてそのあとを追った。一本の杉の木にさえぎ止められ、かず枝は、その幹にまつわりついて、

「おばさん、寒いよう。火燵《こたつ》もって来てよう。」と高く叫んでいた。

近寄って、月光に照されたかず枝を見ると、もはや、人の姿ではなかった。髪は、ほどけて、しかもその髪には、杉の朽葉が一ぱいついて、獅子《しし》の精の髪のように、山姥《やまうば》の髪のように、荒く大きく乱れていた。

しっかりしなければ、おれだけでも、しっかりしなければ。嘉七は、よろよろ立ちあがって、かず枝を抱きかかえ、また杉林の奥のほうへ引きかえそうと努めた。つんのめり、這いあがり、ずり落ち、木の根にすがり、土を掻《か》き掻き、少しずつ少しずつかず枝のからだを林の奥へ引きずりあげた。何時間、そのような、虫の努力をつづけていたろう。

ああ、もういやだ。この女は、おれには重すぎる。いいひとだが、おれの手にあ

まる。おれは、無力の人間だ。おれは一生、このひとのために、こんな苦労をしなければ、ならぬのか。いやだ、もういやだ。わかれよう。おれは、おれのちからで、尽せるところまで尽した。
そのとき、はっきり決心がついた。

『姥捨て』

実際に心中を経験した人でなければ書けない、緊張感あふれる描写ですね。読んでいると、眼前に心中の場面がありありと再現されるようです。
刻々と変化する主人公の心情が、動きのある場面の中で見事に表現されています。

心をつかむフレーズ

近寄って、月光に照されたかず枝を見ると、もはや、人の姿ではなかった。髪は、ほどけて、しかもその髪には、杉の朽葉が一ぱいついて、獅子の精の髪のように、山姥の髪のように、荒く大きく乱れていた。

見合い結婚、そして日本は戦争へ

私は、その三十歳の初夏、はじめて本気に、文筆生活を志願した。思えば、晩《おそ》い志願であった。私は下宿の、何一つ道具らしい物の無い四畳半の部屋で、懸命に書いた。下宿の夕飯がお櫃《ひつ》に残れば、それでこっそり握りめしを作って置いて深夜の仕事の空腹に備えた。こんどは、遺書として書くのではなかった。生きて行く為に、書いたのだ。一先輩は、私を励ましてくれた。世人がこぞって私を憎み嘲笑《ちょうしょう》していても、その先輩作家だけは、始終かわらず私の人間をひそかに支持して下さった。私は、その貴い信頼にも報いなければならぬ。やがて、「姥捨《うばすて》」という作品が出来た。Hと水上温泉へ死にに行った時の事を、正直に書いた。之は、すぐに売れた。忘れずに、私の作品を待っていてくれた編輯者が一人あったのであ

る。私はその原稿料を、むだに使わず、まず質屋から、よそ行きの着物を一まい受け出し、着飾って旅に出た。甲州の山である。さらに思いをあらたにして、長い小説にとりかかるつもりであった。甲州には、満一箇年いた。長い小説は完成しなかったが、短篇は十以上、発表した。諸方から支持の声を聞いた。文壇を有りがたい所だと思った。一生そこで暮し得る者は、さいわいなる哉《かな》と思った。翌年、昭和十四年の正月に、私は、あの先輩のお世話で平凡な見合い結婚をした。いや、平凡では無かった。私は無一文で婚礼の式を挙げたのである。

『東京八景』

心中未遂の後、小山初代は太宰と離婚をして、故郷青森に帰っていきます。太宰は絶望のどん底からもう一度生きようとします。

ここまでの狂乱時代に発表されたものが前期作品で、この後、日本は戦争に本格的に突入していくのですが、太宰は結婚をし、家庭を持ち、健全な生活をし始めるのです。

第5章

芥川に学ぶ重厚な文章術

読書体験から文章を練り上げた作家

誰もが自分の文章をインターネットを通じて発信できるこの時代、歴史に名を残す偉大な文学者たちの文章術に学ぶことも決して無駄ではありません。なぜなら、彼らは誰しもいかに多くの読者の「心をつかむ」かに、心を砕いていたからです。

太宰治は自分の苦悩をそのまま言葉にしていったのですが、彼の小説が多くの読者を魅了したのは、ただ心に浮かぶままに言葉を紡いだからではありません。

そこには太宰なりの作為があり、隠された技巧があるのですが、そのあたりは後に詳述するとして、再び話を芥川の文章に戻しましょう。

太宰が「小説家には、聖書と森鷗外全集があればじゅうぶんだ」と言い切ったのに対して、芥川は実体験よりも、読書体験から文章を磨き上げた作家でした。

実際、太宰のような特殊な体験は誰でもできるものではないし、また彼のような感性を持ち合わせている人もそうはいないはずです（実際にいたなら、おそらく生きていくことが苦しくて仕方がないはずです）。

ただし、太宰が文学者として成功したのは、太宰のような魂を持った人が多くいたからではなく、誰でも心のどこかで隠し持っている太宰的な部分に刺激を与えたからだというのは、すでに説明してきました。

つまり読者から自己陶酔を誘い出す文章技術です。

そこに、私たちが学ぶべき文章術があるのです。

ところが、芥川は実体験からではなく、『今昔《こんじゃく》物語』や『宇治拾遺《うじしゅうい》物語』など古典から材を取った歴史小説から出発します。まさに本から小説を生み出したのですが、この辺りの文章術を紹介する前に、太宰との対照として、芥川と本との関係について考えていきましょう。

名作を読んで文章を磨く

芥川は自然主義作家のように自分の体験を小説にすることをしなかったのですが、晩年、といっても、三五歳で自殺するのですからまだ若いのですが、『大導寺信輔《だいどうじしんすけ》の半生《はんせい》』という自伝的な小説を執筆します。

昭和二年（一九二七）に自殺する前年のことです。その後、『点鬼簿《てんきぼ》』『或阿呆の一生』『歯車』と、芥川は自伝的要素の強い小説を矢継ぎ早に発表していきます。

こう言う信輔は当然又あらゆるものを本の中に学んだ。少くとも本に負う所の全然ないものは一つもなかった。実際彼は人生を知る為に街頭の行人を眺めなかった。寧《むし》ろ行人を眺める為に本の中の人生を知ろうとした。それは或《あるい》は人生を知るには迂遠《うえん》の策だったのかも知れなかった。が、街頭の行人は彼には只《ただ》行人だった。彼は彼等を知る為には、――彼等の愛を、彼等の憎悪を、彼等の虚栄心

を知る為には本を読むより外はなかった。本を、――殊《こと》に世紀末の欧羅巴《ヨーロッパ》の産んだ小説や戯曲を。彼はその冷たい光の中にやっと彼の前に展開する人間喜劇を発見した。いや、或は善悪を分たぬ彼自身の魂をも発見した。それは人生には限らなかった。彼は本所《ほんじょ》の町々に自然の美しさを発見した。しかし彼の自然を見る目に多少の鋭さを加えたのはやはり何冊かの愛読書、――就中《なかんずく》元禄の俳諧だった。彼はそれ等を読んだ為に「都に近き山の形《なり》」を、「鬱金畠《うこんばたけ》の秋の風」を、「沖の時雨《しぐれ》の真帆《まほ》片帆《かたほ》」を、「闇のかた行く五位の声」を、――本所の町々の教えなかった自然の美しさをも発見した。この「本から現実」へは常に信輔には真理だった。彼は彼の半生の間に何人かの女に恋愛を感じた。けれども彼等は誰《たれ》一人女の美しさを教えなかった。少くとも本に学んだ以外の女の美しさを教えなかった。彼は日の光を透かした耳や頬《ほお》に落ちた睫毛《まつげ》の影をゴオティエやバルザックやトルストイに学んだ。女は今も信輔にはその為に美しさを伝えている。若《も》しそれ等に学ばなかったとすれば、彼は或は女の代りに牝《めす》ばかり発見していたかも知れない。……

『大導寺信輔の半生』

ここで告白されているように、芥川は「本から現実」へと、さらにそれだけでなく「本から文章」を生み出した作家でした。

初期の作品が『今昔物語』や『宇治拾遺物語』に材を取ったことからも分かります。

確かに私たちは素晴らしい文学作品を読むと、自然風景も人間関係も思想もすべてが異なって見えるものです。

そういった意味では、心をつかむ文章を書くためには、より多くの名作に触れなくてはなりません。さらには、それらを深いところで鑑賞できる読解力も同時に鍛える必要がありそうです。

心をつかむフレーズ

「本から現実」へは常に信輔には真理だった。彼は彼の半生の間に何人かの女に恋愛を感じた。けれども彼等は誰一人女の美しさを教えなかった。少くとも本に学んだ以外の女の美しさを教えなかった。

現実よりも本が人生の師

芥川がいかに本を読むことを人生にとって最も大切な行為だと考えていたか、そのことを示す文章を紹介しましょう。

自殺後に発表された自伝的小説『或阿呆の一生』の一節です。

一　時代

それは或《ある》本屋の二階だった。二十歳の彼は書棚にかけた西洋風の梯子《はしご》に登り、新らしい本を探していた。モオパスサン、ボオドレエル、ストリントベリイ、イブセン、ショオ、トルストイ、……

そのうちに日の暮は迫り出した。しかし彼は熱心に本の背文字を読みつづけた。

そこに並んでいるのは本というよりも寧《むし》ろ世紀末それ自身だった。ニイチェ、ヴェルレエン、ゴンクウル兄弟、ダスタエフスキイ、ハウプトマン、フロオベエル、……

彼は薄暗がりと戦いながら、彼等《ら》の名前を数えて行った。が、本はおのづからもの憂《う》い影の中に沈みはじめた。彼はとうとう根気も尽き、西洋風の梯子を下りようとした。すると傘のない電燈が一つ、丁度彼の頭の上に突然ぽかりと火をともした。彼は梯子の上に佇《たたず》んだまま、本の間に動いている店員や客を見下した。彼等は妙に小さかった。のみならず如何《いか》にも見すぼらしかった。

「人生は一行のボオドレエルにも若《し》かない。」

彼は暫《しばら》く梯子の上からこう云う彼等を見渡していた。……

『或阿呆の一生』

すでに自殺を決意した上での文章なので、この短い文章に込められた過去への述懐に虚飾はないはずです。

彼は日が暮れるまで世紀末の文学に没頭します。梯子の上から眺めた小さく、みすぼらしい人間たちは実に象徴的です。

心をつかむフレーズ

人生は一行のボオドレエルにも若《し》かない。

心をつかむ二つの技巧

芥川でも太宰でも、名文家の文章には二つの技巧的要素が共通してあるように思います。

一つは気の利いたフレーズ。小説は短編でもあるまとまった文章の長さがあるのですが、その中でたった一文でもいいから、どきっとする表現があるものが名作として長く世に残るのです。何千語かの言葉は、そのたった一文を輝かせるためにあるようです。

たとえば、太宰の『晩年』の冒頭に掲載された『葉』という小品。

死のうと思っていた。ことしの正月、よそから着物を一反もらった。お年玉としてである。着物の布地は麻であった。鼠《ねずみ》色のこまかい縞目《しまめ》が織りこめられていた。これは夏に着る着物であろう。夏まで生きていようと思った。

『葉』


ここでさりげなく表現されているのは、希望に満ちた人生ではなく、着物一枚切るためだけに生きなければならない人生なのです。

「夏まで生きていようと思った」

この一文で、この主人公にとっての人生が何なのか、そして、この悲しい主人公は一体どのような人生を送ってきたのか、読者の心をしっかりとつかむことができたのです。

もう一つの技術的な要素は、私たちが関心を持ったり、思わず「分かる分かる」と心の中で手を打ったりする、気の利いたエピソードです。

ここでは芥川の本に対する情熱、それと同時にその悲しさを表現したエピソードとして、『大導寺伸輔の半生』から一節を紹介しましょう。

しかし彼の愛したのは――ほとんど内容の如何《いかん》を問わずに本そのものを愛したのはやはり彼の買った本だった。信輔は本を買うためにカフエへも足を入れなかった。が、彼の小遣いは勿論常に不足だった。彼はそのために一週に三度、親戚の中学生に数学（！）を教えた。それでもまだ金の足りぬ時はやむを得ず本を売りに行った。けれども売り価《ね》は新らしい本でも買い価の半ば以上になったことはなかった。のみならず永年持っていた本を古本屋の手に渡すことは常に彼には悲劇だった。彼は或薄雪《うすゆき》の夜、神保町《じんぼうちょう》通りの古本屋を一軒一軒覗いて行った。その内に或古本屋に「ツァラトストラ」を一冊発見した。それも只の「ツァラトスト

ラ」ではなかった。二月ほど前に彼の売った手垢《てあか》だらけの「ツァラトストラ」だった。彼は店先きに佇《たたず》んだまま、この古い「ツァラトストラ」を所どころ読み返した。すると読み返せば読み返すほど、だんだん懐しさを感じだした。

「これはいくらですか？」

十分ばかり立った後《のち》、彼は古本屋の女主人にもう「ツァラトストラ」を示していた。

「一円六十銭、――御愛嬌《あいきょう》に一円五十銭にして置きましょう。」

信輔はたった七十銭にこの本を売ったことを思い出した。が、やっと売り価の二倍、――一円四十《しじっ》銭に価切った末、とうとうもう一度買うことにした。雪の夜の往来は家々も電車も何か微妙に静かだった。彼はこう言う往来をはるばる本郷へ帰る途中、絶えず彼の懐《ふとこ》ろの中に鋼鉄色の表紙をした「ツァラトストラ」を感じていた。しかし又同時に口の中には何度も彼自身を嘲笑していた。……

『大導寺伸輔の半生』

最後の「しかし又同時に口の中には何度も彼自身を嘲笑していた。……」に、芥川自身の苦い思いが滲み出ています。特に「……」とあるところが妙に余韻を持たせますね。

こうした気の利いたエピソードと、余韻を感じさせる一文やフレーズが重なると、その作品は名文の香りを漂わせるようになるのです。

今度は、太宰の『葉』から。

満月の宵。光っては崩れ、うねっては崩れ、逆巻《さかま》き、のた打つ浪《なみ》のなかで互いに離れまいとつないだ手を苦しまぎれに俺が故意《わざ》と振り切ったとき女は忽《たちま》ち浪に呑《の》まれて、たかく名を呼んだ。俺の名ではなかった。

『葉』

主人公は女と夜の海に飛び込んだことが、これだけの描写ではっきりと分かります。心中したときの経験を回想しているのかもしれません。

一緒に死のうとしたのに、私はすがりつく女の手を苦し紛れに振り切ったのです。盲目の生への意志でしょうか。

「俺の名ではなかった。」

この一文ほど、私たちの想像力をかき立てるものはそうありません。波にのまれた女が最後に叫んだ名前は、「俺」ではなかったのです。一体誰の名前を呼んだのか、なまじすべてを語られていないだけに、私たちはその背景までを想像して、そのフレーズを忘れられないものとして心に刻み込むのです。

心をつかむフレーズ

俺の名ではなかった。

芥川にも『火花』という作品が

さて、芥川に戻りましょう。

又吉直樹さんの芥川賞受賞作品は『火花』ですが、実は、芥川も『或阿呆の一生』の中で、同名の「火花」というタイトルの小品を書いています。次がその全文です。

八　火花

彼は雨に濡れたまま、アスファルトの上を踏んで行った。雨はかなり烈《はげ》しかった。彼は水沫《しぶき》の満ちた中《うち》にゴム引の外套の匂《におい》を感じた。

すると目の前の架空線が一本、紫いろの火花を発していた。彼は妙に感動した。

彼の上着のポケットは彼等の同人雑誌へ発表する彼の原稿を隠していた。彼は雨の中を歩きながら、もう一度後ろの架空線を見上げた。

架空線はあいかわらず鋭い火花を放っていた。彼は人生を見渡しても、何も特に欲しいものはなかった。が、この紫色の火花だけは、――凄《すさ》まじい空中の火花だけは命と取り換えてもつかまえたかった。


『或阿呆の一生』


命と取り換えてもつかまえたいという、空中の火花。

その前提として、芥川は「彼は人生を見渡しても、何も特に欲しいものはなかった。」と述べています。

人生に何の希望も見いだせなくなった芥川が、最後に欲した凄まじい紫の火花。

これが何を象徴しているのかは分かりませんが、非常に印象的な文章ですね。

多くの言葉を費やして説明する文章ではなく、最後に印象に残る一文で締めくくる文章こそが、読者に余韻を与え、非常に有効な表現となっています。

心をつかむフレーズ

彼は人生を見渡しても、何も特に欲しいものはなかった。が、この紫色の火花だけは、――凄まじい空中の火花だけは命と取り換えてもつかまえたかった。

舞台装置としての文章術

一九一〇年代の後半に書かれた芥川の初期の短編は、『鼻』『芋粥《いもがゆ》』『羅生門《らしょうもん》』『地獄変』など、『今昔物語』や『宇治拾遺物語』に材を取ったものが多いことはすでに指摘したとおりです。

こういった歴史小説を芥川自身がどのように捉えていたのか、それを直接的に述べたものが『澄江堂雑記《ちょうこうどうざっき》』というエッセイにあるのですが、それは芥川の文章術を考える上で非常に有効なものです。

お伽噺《とぎばなし》を読むと、日本のなら「昔々」とか「今は昔」とか書いてある。西洋のなら「まだ動物が口を利《き》いていた時に」とか「ベルトが糸を紡いでいた時に」とか書いてある。あれは何故であろう。どうして「今」ではいけないのであろう。それは本文に出て来るあらゆる事件に或《ある》可能性を与える為の前置きにちがいない。何故かと云うと、お伽噺の中に出て来る事件は、いづれも不思議な事ばかりである。だからお伽噺の作者にとっては、どうも舞台を今にするのは具合が悪い。絶対に今ではならんと云う事はないが、それよりも昔の方が便利である。「昔々」と云えば既に太古《たいこ》緬邈《めんばく》の世だから、小指ほどの一寸法師が住んでいても、竹の中からお姫様が生れて来ても、格別矛盾の感じが起らない。そこで予《あらかじ》め前へ「昔々」と食付《くっつ》けたのである。

所でもしこれが「昔々」の由来だとすれば、僕が昔から材料を採るのは大半この「昔々」と同じ必要から起っている。と云う意味は、今僕が或テエマを捉えてそれを小説に書くとする。そうしてそのテエマを芸術的に最も力強く表現する為には、或異常な事件が必要になるとする。その場合、その異常な事件なるものは、異常なだけそれだけ、今日この日本に起った事としては書きこなしにくい、もし強《しい》て書けば、多くの場合不自然の感を読者に起させて、その結果折角《せっかく》のテエマまでも犬死《いぬじに》をさせる事になってしまう。所でこの困難を除く手段には「今日この日本に起った事としては書きこなしにくい」と云う語が示しているように、昔か（未来は稀であろう）日本以外の土地か或は昔日本以外の土地から起った事とするより外はない。僕の昔から材料を採った小説は大抵この必要に迫られて、不自然の障碍《しょうがい》を避ける為に舞台を昔に求めたのである。

しかしお伽噺と違って小説は小説と云うものの要約上、どうも「昔々」だけ書いてすましていると云う訳には行《ゆ》かない。そこでほぼ時代の制限が出来て来る。従ってその時代の社会状態と云うようなものも、自然の感じを満足させる程度において幾分とり入れられる事になって来る。だから所謂《いわゆる》歴史小説とはどんな意味に於ても「昔」の再現を目的にしていないと云う点で区別を立てる事が出来るかも知れない。

――まあざっととこんなものである。

『澄江堂雑記　三十一「昔」』

つまり芥川が描きたかったのはあくまで現代人なのです。『羅生門』で、死人の髪の毛を抜く老婆も、その老婆を取り押さえた盗人も、中身はすべて現代人なのです。

そうした現代人を、現代にはありえないような極限状態に追い込むことで、彼らのエゴイズムを抽出することが可能になります。そのために、舞台装置として歴史を用いたのでしょう。

平安時代を舞台に、平安時代の衣装を着て、振る舞う老婆や盗人は現代人に他なりません。

森鷗外が「歴史其儘《そのまま》と歴史離《ばな》れ」の中で、「わたくしは史料を調べて見て、其中に窺われる『自然』を尊重する念を発した。そしてそれを猥《みだり》に変更するのが厭《いや》になった。」と述べているのですが、そうした鷗外の歴史小説観とは対極にあるものです。

さて、芥川自身が述べているように、彼の歴史小説ではテーマが明確にあります。そして、それを表現するための物語、舞台を用意し、それにふさわしい文体を駆使します。

このことはビジネスなど実用的な文章においても何ら変わることはありません。ましてやブログなどで情報発信する時も大いに参考になるのではないでしょうか。

脳裏に浮かぶままに、ただ文章を書き連《つら》ねていることが多いという人は、まず伝えたいテーマを明確にし、それをどのような舞台を設定すればより伝わるのか、それにふさわしい文体は何なのかを考えると、自ずと表現の仕方に工夫が生まれてきます。

大切なのは毎日同じ表現を繰り返すのではなく、そうした工夫を絶えずすることによって、初めて自分の文章や表現が磨かれてくるということです。

文章は絶えず新しい感覚を取り入れて、自分の意志で磨いていかなければなりません。そうやって一生をかけて、自分の表現方法を大切に育て上げていくものなのです。

そのためには、芥川や太宰の作品から、その工夫を学んでいくことが大切です。

「ではさようなら」——芥川の遺書

芥川の作風は晩年の作品から大きく変化します。

明確な主題、見事な構成、知的で精緻な文体と、完璧に思えるような作品世界を構築してきたのですが、それは言ってみればイミテーションのダイヤモンドのようなもので、うまく作れば作るほど人工的な匂いがするのは否めません。

おそらくそのことをもっとも自覚していたのは芥川自身だったのではないでしょうか。

やがて、芥川は武器とする「物語」を自ら放棄していくのです。そして、「すじ」のない小説を「純粋小説」とし、谷崎潤一郎と論争していきます。

私個人の好みで言えば、この「純粋小説」こそ日本文学の最高峰だと思うのですが、その代表作である『或阿呆の一生』を少し紹介しましょう。

昭和二（一九二七）年、芥川は二つの作品を親友である作家の久米正雄に託して、自殺します。死後、発表された作品が、『或阿呆の一生』と『歯車』です。

『或阿呆の一生』は、自殺を決意した芥川が自分の生涯を振り返って、忘れられない人生の場面のそれぞれを簡潔な表現で写し取ったものです。

では、まず、遺書とも言うべき久米正雄に託した文章から読んでみましょう。

僕はこの原稿を発表する可否《かひ》は勿論、発表する時や機関も君に一任したいと思っている。

君はこの原稿の中に出て来る大抵の人物を知っているだろう。しかし僕は発表するとしても、インデキスをつけずに貰《もら》いたいと思っている。

僕は今最も不幸な幸福の中に暮らしている。しかし不思議にも後悔していない。唯《ただ》僕の如き悪夫、悪子、悪親を持ったものたちを如何《いか》にも気の毒に感じている。ではさようなら。僕はこの原稿の中では少くとも意識的には自己弁護をしなかったつもりだ。

最後に僕のこの原稿を特に君に托するのは君の恐らくは誰よりも僕を知っていると思うからだ。（都会人と云う僕の皮を剥《は》ぎさえすれば）どうかこの原稿の中に僕の阿呆さ加減を笑ってくれ給《たま》え。

昭和二年六月二十日

『或阿呆の一生』


この文章を久米正雄が受け取った時は、すでに芥川は死んでいたはずです。

「どうかこの原稿の中に僕の阿呆さ加減を笑ってくれ給へ。」

この最後の一文、これを書いている時の芥川の心情を忖度《そんたく》すると、胸に突き刺さるような痛みを感じます。

心をつかむフレーズ

僕は今最も不幸な幸福の中に暮らしている。しかし不思議にも後悔していない。唯《ただ》僕の如《ごと》き悪夫、悪子、悪親を持ったものたちを如何《いか》にも気の毒に感じている。ではさようなら。

極限まで神経を研ぎ澄ます文章術

芥川は、牛乳製造販売業を営む新原敏三の長男として産まれますが、彼が生後七ヶ月の時、母が精神に異常をきたします。そのために彼は母の実家の芥川家に預けられ、叔母のフキに育てられることになります。

一一歳の時に、芥川家の養子となるのです。

このように両親の愛に恵まれなかったこと、そして、自分もいつかは母のように精神に異常をきたすのではないかという根源的な怯《おび》えが、芥川の心に大きな傷跡を残しました。

母親との思い出と言えば、鉄格子の中の母親に会いに行くと、母がいつも河童《かっぱ》の絵を描いて渡してくれたこと。芥川は晩年『河童』という小説を書きますが、それは「母」あるいは、「狂気」の象徴であったのかもしれません。現に『河童』は精神病院にいる患者が語る話という仕掛けがなされています。

『或阿呆の一生』は五一の断章から成り立っていますが、二番目に「母」と題された文章があります。

二　母

狂人たちは皆同じように鼠色《ねずみいろ》の着物を着せられていた。広い部屋はその為《ため》に一層憂鬱《ゆううつ》に見えるらしかった。彼等の一人はオルガンに向い、熱心に讃美歌を弾きつづけていた。同時に又彼等の一人は丁度部屋のまん中に立ち、踊ると云うよりも跳ねまわっていた。

　彼は血色の善《よ》い医者と一しょにこう云う光景を眺めていた。彼の母も十年前には少しも彼等と変らなかった。少しも、――彼は実際彼等の臭気に彼の母の臭気を感じた。

「じゃ行こうか?」

　医者は彼の先に立ちながら、廊下伝いに或部屋へ行った。その部屋の隅にはアルコオルを満した、大きい硝子《ガラス》の壺の中に脳髄が幾つも漬《つか》っていた。彼は或脳髄の上にかすかに白いものを発見した。それは丁度卵の白味をちょっと滴《た》らしたのに近いものだった。彼は医者と立ち話をしながら、もう一度彼の母を思い出した。

「この脳髄を持っていた男は××電燈会社の技師だったがね。いつも自分を黒光りのする、大きいダイナモだと思っていたよ。」

　彼は医者の目を避ける為に硝子窓の外を眺めていた。そこには空き罎《びん》の破片を植えた煉瓦塀《れんがべい》の外に何もなかった。しかしそれは薄い苔《こけ》をまだらにぼんやりと白《し》らませていた。

『或阿呆の一生』

心をつかむフレーズ

彼の母も十年前には少しも彼等と変らなかった。少しも、――彼は実際彼等の臭気に彼の母の臭気を感じた。

自殺直前の芥川の孤独

『或阿呆の一生』の断章の最後の三つ、四十九「剥製《はくせい》の白鳥」、五十「俘《とりこ》」、五十一「敗北」は、身の毛もよだつような恐ろしい文章です。

四十九　剥製の白鳥

彼は最後の力を尽し、彼の自叙伝を書いて見ようとした。が、それは彼自身には存外容易に出来なかつた。それは彼の自尊心や懐疑主義や利害の打算の未《いま》だに残っている為だった。彼はこう云う彼自身を軽蔑せずにはいられなかった。しかし又一面には「誰でも一皮剥《む》いて見れば同じことだ」とも思わずにはいられなかった。「詩と真実と」と云う本の名前は彼にはあらゆる自叙伝の名前のようにも考えられ勝ちだった。のみならず文芸上の作品に必しも誰も動かされないのは彼にははっきりわかっていた。彼の作品の訴えるものは彼に近い生涯を送った彼に近い人々の外にある筈《はず》はない。――こう云う気も彼には働いていた。彼はその為に手短かに彼の「詩と真実と」を書いて見ることにした。

彼は『或阿呆の一生』を書き上げた後、偶然或古道具屋の店に剥製の白鳥のあるのを見つけた。それは頸《くび》を挙げて立っていたものの、黄ばんだ羽根さえ虫に食われていた。彼は彼の一生を思い、涙や冷笑のこみ上げるのを感じた。彼の前にあるものは唯《ただ》発狂か自殺かだけだった。彼は日の暮の往来をたった一人歩きながら、徐《おもむ》ろに彼を滅しに来る運命を待つことに決心した。

『或阿呆の一生』

日本文学の中でこれほど孤独な文章があったでしょうか。

発狂か自殺、芥川はたった一人でその運命の時を待つしかありません。誰も理解してくれる人も、助けてくれる人もいないのです。

虫に食われて、黄ばんだ羽の白鳥の剥製。そうやってじりじりと死が迫ってくるのです。

芥川は最後の力を振り絞って『或阿呆の一生』を書いたのですが、私には死を決意したこの文章の中にさえ、芥川がレトリックを駆使しなければならなかったことに微かな悲しみを感じ取れます。

心をつかむフレーズ

彼は彼の一生を思い、涙や冷笑のこみ上げるのを感じた。彼の前にあるものは唯《ただ》発狂か自殺かだけだった。彼は日の暮の往来をたった一人歩きながら、徐ろに彼を滅しに来る運命を待つことに決心した。

神と狂気

五十　俘《とりこ》

彼の友だちの一人は発狂した。彼はこの友だちにいつも或親しみを感じていた。それは彼にはこの友だちの孤独の、——軽快な仮面の下《もと》にある孤独の人一倍身にしみてわかる為だった。彼はこの友だちの発狂した後、二三度この友だちを訪問した。

「君や僕は悪鬼につかれているんだね。世紀末の悪鬼と云うやつにねえ。」

この友だちは声をひそめながら、こんなことを彼に話したりした。が、それから二三日後には或温泉宿へ出かける途中、薔薇《ばら》の花さえ食っていたと云うことだった。彼はこの友だちの入院した後《のち》、いつか彼のこの友だちに贈ったテラコッタの半身像を思い出した。それはこの友だちの愛した「検察官」の作者の半身像だった。彼はゴオゴリイも狂死したのを思い、何か彼等を支配している力を感じずにはいられなかった。

彼はすっかり疲れ切った揚句《あげく》、ふとラディゲの臨終の言葉を読み、もう一度神々の笑い声を感じた。それは「神の兵卒たちは己《おれ》をつかまえに来る」と云う言葉だった。彼は彼の迷信や彼の感傷主義と闘おうとした。しかしどう云う闘いも肉体的に彼には不可能だった。「世紀末の悪鬼」は実際彼を虐《さいな》んでいるのに違いなかった。彼は神を力にした中世紀の人々に羨《うらやま》しさを感じた。しかし神を信ずることは――神の愛を信ずることは到底彼には出来なかった。あのコクトオさえ信じた神を！

『或阿呆の一生』

やはり母親が芥川の生涯に影を落としています。

現実のあらゆるものが彼の神経を蝕み、外界のあらゆるものが彼の映像の中で悪意を持ったものに変換されます――そのことが彼自身発狂するのではないかという怯えにつながります。

だからこそ、神にすがらなければ、苦しくて苦しくていられなかったのでしょう。

だが、現実主義者である芥川にはどうしても神を信じることができなかったのです。

この断章は、そうした芥川の最後の吐血の言葉です。

続いて『或阿呆の一生』の最後の断章です。

これが芥川の遺稿（昭和二年六月）となりました。

五十一　敗北

彼はペンを執る手も震え出した。のみならず涎《よだれ》さえ流れ出した。彼の頭は〇・八のヴェロナアルを用いて覚めた後《のち》の外は一度もはっきりしたことはなかった。しかもはっきりしているのはやっと半時間か一時間だった。彼は唯薄暗い中にその日暮らしの生活をしていた。言わば刃《は》のこぼれてしまった、細い剣《つるぎ》を杖《つえ》にしながら。

『或阿呆の一生』

心をつかむフレーズ

しかし神を信ずることは――神の愛を信ずることは到底彼には出来なかった。あのコクトオさえ信じた神を！

もう一つの遺稿の書

芥川の死後に発表された作品に、もう一つ『歯車』があります。これはまさに〝神経〟そのものの小説だと言えます。

その一文を最後に紹介しましょう。

芥川らしき「僕」の目には半透明の歯車が絶えずまわっているのです。

レエン・コオトを着た男は僕のT君と別れる時にはいつかそこにいなくなっていた。僕は省線電車の或停車場からやはり鞄をぶら下げたまま、或ホテルへ歩いて行った。往来の両側に立っているのは大抵大きいビルディングだった。僕はそこを歩いているうちにふと松林を思い出した。のみならず僕の視野のうちに妙なものを見つけ出した。妙なものを？――と云うのは絶えずまわっている半透明の歯車だった。僕はこう云う経験を前にも何度か持ち合せていた。歯車は次第に数

を殖やし、半ば僕の視野を塞《ふさ》いでしまう、が、それも長いことではない、暫《しば》らくの後には消え失せる代りに今度は頭痛を感じはじめる、――それはいつも同じことだった。眼科の医者はこの錯覚（？）の為に度々僕に節煙を命じた。しかしこう云う歯車は僕の煙草に親まない二十前にも見えないことはなかった。僕は又はじまったなと思い、左の目の視力をためす為に片手に右の目を塞いで見た。左の目は果して何ともなかった。しかし右の目の瞼《まぶた》の裏には歯車が幾つもまわっていた。僕は右側のビルディングの次第に消えてしまうのを見ながら、せっせと往来を歩いて行った。

『歯車』

芥川が見ていた主観的な世界が見事な表現を得てできあがった作品です。視界に入っている歯車は狂気の象徴なのでしょう。

心をつかむフレーズ

のみならず僕の視野のうちに妙なものを見つけ出した。妙なものを？——と云うのは絶えずまわっている半透明の歯車だった。

最後に〝見た〟鬼気迫る光景

そして、『歯車』の最後の部分です。

「僕」は今度は瞼の裏に銀色の翼を見ます。

三十分ばかりたった後《のち》、僕は僕の二階に仰向けになり、じっと目をつぶったまま、烈しい頭痛をこらえていた。すると僕の瞼《まぶた》の裏に銀色の羽根を鱗《うろこ》のように畳んだ翼が一つ見えはじめた。それは実際網膜の上にはっきりと映っているものだった。僕は目をあいて天井を見上げ、勿論何も天井にはそんなものの

ないことを確めた上、もう一度目をつぶることにした。しかしやはり銀色の翼はちゃんと暗い中に映っていた。僕はふとこの間乗った自動車のラディエエタア・キャップにも翼のついていたことを思い出した。……

そこへ誰か梯子段《はしご》を慌《あわただ》しく昇って来たかと思うと、すぐに又ばたばた駈《か》け下りて行った。僕はその誰かの妻だったことを知り、驚いて体を起すが早いか、丁度梯子段の前にある、薄暗い茶の間へ顔を出した。すると妻は突っ伏したまま、息切れをこらえているると見え、絶えず肩を震わしていた。

「どうした?」

「いえ、どうもしないのです。……」

妻はやっと顔を擡《もた》げ、無理に微笑して話しつづけた。

「どうもした訣《わけ》ではないのですけれどもね、唯何だかお父さんが死んでしまいそうな気がしたものですから。……」

それは僕の一生の中でも最も恐しい経験だった。——僕はもうこの先を書きつづける力を持っていない。こう云う気もちの中に生きているのは何とも言われない苦

痛である。誰か僕の眠っているうちにそっと絞め殺してくれるものはないか？

『歯車』

私はこの作品を最後まで読み通した時、鬼気迫るものを感じました。自殺を決意した後、どのような思いでこの文章を綴ったのか。

芥川しか分からないこの病んだ世界はいくら口舌《こうぜつ》を尽くしても、おそらく誰一人理解する人はいないでしょう。

どこにでもあるありふれた世界が、彼の神経を通すと次々と身の毛がよだつようなものへと変換されていくのです。

そのような誰もが知覚できない世界を、象徴的な場面を重ねることで伝えていく芥川の文章術こそは、私たちが学ぶべき最高レベルのものではないでしょうか。

心をつかむフレーズ

僕はもうこの先を書きつづける力を持っていない。……誰か僕の眠っているうちにそっと絞め殺してくれるものはないか?

第6章

太宰に学ぶ演技としての文章術

心をつかむ文章術を学ぶための近道

人の心をつかむ文章術を獲得するには、テクニックや技巧をいくら学んだところでそれほどの効果は期待できません。

なぜなら、テクニックや技巧では人の心をつかむことができないからです。もっとも有効な方法は名文、名作をひたすら読むことです。そして、自分とは異なる感覚、世界の捉え方、表現の仕方を自分の中に取り込むことです。

それが真の教養となるだけでなく、世界を様々な角度から眺める力となります。私は名文、名作を読む時、それが素晴らしいものであればあるほど、いつもその感動をどのように人に説明するかを考えます。

あるいは、その素晴らしさを一冊の本にして、多くの人に伝えることはできないかと考えます。

つまり、アウトプットを頭に置いて、本を読んでいくのです。すると、その本の

第6章
太宰に学ぶ演技としての文章術

内容が別の形を持って頭の中に入っていきます。

本書もそのような私の頭の構造が生み出したもののひとつです。

本書の最後となるこの章では、再び太宰の作品を取り上げます。日本文学の中でも希有な個性を放つこの作家の文章表現の秘密に、「演技」という言葉をキーワードに、さらに迫ってみることにしましょう。

さて、小山初代と別れた太宰は、絶望の中で今度こそ人生をやり直そうとします。そうした魂の救済を描いた作品が『富嶽《ふがく》百景』です。

一見、様々な場所から見た富士の姿を描く形を取っていますが、そのことにより、その時々の太宰の心情を見事に表現しているのです。

太宰は自分の魂の深い部分を富士山に投影したのです。

東京の、アパートの窓から見る富士は、くるしい。冬には、はっきり、よく見える。小さい、真白い三角が、地平線にちょこんと出ていて、それが

富士だ。なんのことはない、クリスマスの飾り菓子である。しかも左のほうに、肩が傾いて心細く、船尾のほうからだんだん沈没しかけてゆく軍艦の姿に似ている。三年まえの冬、私は或《あ》る人から、意外の事実を打ち明けられ、途方に暮れた。その夜、アパートの一室で、ひとりで、がぶがぶ酒のんだ。一睡もせず、酒のんだ。あかつき、小用に立って、アパートの便所の金網張られた四角い窓から、富士が見えた。小さく、真白で、左のほうにちょっと傾いて、あの富士を忘れない。窓の下のアスファルト路を、さかなやの自転車が疾駆《しっく》し、おう、けさは、やけに富士がはっきり見えるじゃねえか、めっぽう寒いや、など呟《つぶや》きのこして、私は、暗い便所の中に立ちつくし、窓の金網撫《な》でながら、じめじめ泣いて、あんな思いは、二度と繰りかえしたくない。

『富嶽百景』

「或る人から打ち明けられた意外な事実」とは小山初代の犯したあやまちのことでしょう。

絶望の果てに便所の窓から見た富士は、沈没しかけの軍艦の姿に似ていたのです。早朝、自転車で疾駆する魚屋の健康的な呟きは、便所で泣きながら立ち尽くしている「私」とは対照的です。

この呟きを持ち出すことで、「私」の悲しみをより鮮明に表現しています。

心をつかむフレーズ

あかつき、小用に立って、アパートの便所の金網張られた四角い窓から、富士が見えた。小さく、真白で、左のほうにちょっと傾いて、あの富士を忘れない。

富士の麓へ魂救済の旅

昭和十三年の初秋、思いをあらたにする覚悟で、私は、かばんひとつさげて旅に出た。

甲州。ここの山々の特徴は、山々の起伏の線の、へんに虚《むな》しい、なだらかさに在る。小島烏水《こじまうすい》という人の日本山水論にも、「山の拗《す》ね者は多く、此土に仙遊するが如《ごと》し。」と在った。甲州の山々は、あるいは山の、げてものなのかも知れない。私は、甲府市からバスにゆられて一時間。御坂峠《みさかとうげ》へたどりつく。

御坂峠、海抜千三百米《メートル》。この峠の頂上に、天下茶屋という、小さい茶店があって、井伏鱒二氏が初夏のころから、ここの二階に、こもって仕事をして居られる。私は、それを知ってここへ来た。井伏氏のお仕事の邪魔にならないようなら、隣室でも借りて、私も、しばらくそこで仙遊しようと思っていた。

> 井伏氏は、仕事をして居られた。私は、井伏氏のゆるしを得て、当分その茶屋に落ちつくことになって、それから、毎日、いやでも富士と真正面から、向き合っていなければならなくなった。この峠は、甲府から東海道に出る鎌倉往還の衝《しょう》に当っていて、北面富士の代表観望台であると言われ、ここから見た富士は、むかしから富士三景の一つにかぞえられているのだそうであるが、私は、あまり好かなかった。好かないばかりか、軽蔑さえした。あまりに、おあつらいむきの富士である。まんなかに富士があって、その下に河口湖が白く寒々とひろがり、近景の山々がその両袖にひっそり蹲《うずくま》って湖を抱きかかえるようにしている。私は、ひとめ見て、狼狽《ろうばい》し、顔を赤らめた。これは、まるで、風呂屋のペンキ画だ。芝居の書割《かきわり》だ。どうにも註文どおりの景色で、私は、恥ずかしくてならなかった。
>
> 『富嶽百景』

『富嶽百景』はこうして絶望のどん底から始まりますが、いよいよ「私」はそこから立ち直るために、甲府に旅立つのです。富士の麓《ふもと》に文学の師である井伏鱒二がこもって仕事をしているので、しばらくはそこで傷を癒やそうと思ったのです。

天下茶屋から見える富士は、真ん中に堂々と富士があって、麓に河口湖を抱きかかえ、富士三景に数えられる名勝なのですが、「私」はこれを注文通りの富士で、それを見て狼狽したとあります。

この辺の感覚が実に太宰らしいですね。

そして、大切なのは、まだ美しいもの、堂々としているものを、正面から受け止めることができない、「私」の精神のありようではないでしょうか。

心をつかむフレーズ

まんなかに富士があって、その下に河口湖が白く寒々とひろがり、近景の山々がその両袖にひっそり蹲《うずくま》って湖を抱きかかえるようにしている。私は、ひとめ見て、狼狽し、顔を赤らめた。これは、まるで、風呂屋のペンキ画だ。芝居の書割《かきわり》だ。

パノラマ台には、茶店が三軒ならんで立っている。そのうちの一軒、老爺と老婆と二人きりで経営しているじみな一軒を選んで、そこで熱い茶を呑《の》んだ。茶店の老婆は気の毒がり、ほんとうに生憎《あいにく》の霧で、もう少し経ったら霧もはれると思いますが、富士は、ほんのすぐそこに、くっきり見えます、と言い、茶店の奥から富士の大きい写真を持ち出し、崖《がけ》の端に立ってその写真を両手で高く掲示して、ちょうどこの辺に、このとおりに、こんなに大きく、こんなにはっきり、このとおりに見えます、と懸命に註釈《ちゅうしゃく》するのである。私たちは、番茶をすすりながら、その富士を眺めて、笑った。いい富士を見た。霧の深いのを、残念にも思わなかった。

『富嶽百景』

富士三景のひとつである天下茶屋の富士を恥ずかしいと言い、逆に、霧で見えない中で見せてもらった写真の富士を「いい富士を見た」と言う、こうした世間の常識とは異なる世界の捉え方こそ太宰の魅力のひとつでしょう。

そして、老爺と老婆の親切を素直に受け入れることができるようになった「私」は、徐々に魂が再生されようとしているのかもしれません。

心をつかむフレーズ

私たちは、番茶をすすりながら、その富士を眺めて、笑った。いい富士を見た。霧の深いのを、残念にも思わなかった。

太宰のお見合い

その翌々日であったろうか、井伏氏は、御坂峠を引きあげることになって、私も甲府までおともした。甲府で私は、或る娘さんと見合することになっていた。井伏氏に連れられて甲府のまちはずれの、その娘さんのお家へお伺いした。

井伏氏は、無雑作な登山服姿である。私は、角帯に、夏羽織を着ていた。娘さんの家のお庭には、薔薇《ばら》がたくさん植えられていた。母堂《ぼどう》に迎えられて客間に通され、挨拶して、そのうちに娘さんも出て来て、私は、娘さんの顔を見なかった。井伏氏と母堂とは、おとな同士の、よもやまの話をして、ふと、井伏氏が、「おや、富士。」と呟いて、私の背後の長押《なげし》を見あげた。私も、からだを捻《ね》じ曲げて、うしろの長押を見上げた。富士山頂大噴火口の鳥瞰《ちょうかん》写真が、額縁にいれられて、かけられていた。まっしろい水蓮《すいれん》の花に似ていた。私は、それを見とどけ、また、ゆっくりからだを捻《ね》じ戻すとき、娘さんを、ちらと見た。きめた。多少の困難があっても、このひとと結婚したいものだと思った。あの富士は、ありがたかった。

『富嶽百景』

太宰は当時都留《つる》高等女学校の教師をしていた石原美知子（一九一二〜九七）とやがて結婚することになるのですが、その時の見合いの話に材を取った文章です。

もし、『富嶽百景』の冒頭に見られるような絶望のどん底に「私」がいたなら、そもそもお見合いなどには行かなかっただろうし、この話を素直に受け入れる気持ちにはならなかったかもしれません。

「私」の精神状態は、毎日富士と向き合うことで、しだいに人の親切を素直に受け入れるようになっていたのです。

雪の富士山頂の鳥瞰写真は真っ白い睡蓮の花のようでした。その写真を見ようと体をねじり、それを元に戻した時に娘さんをちらっと垣間見、この瞬間、結婚を決めています。

おそらく井伏鱒二の親切をそのまま受け入れる気持ちだったのでしょう。

心をつかむフレーズ

まっしろい水蓮の花に似ていた。私は、それを見とどけ、また、ゆっくりからだを捻じ戻すとき、娘さんを、ちらと見た。きめた。多少の困難があっても、このひとと結婚したいものだと思った。

か弱いもの、けなげなものに寄り添う

河口局から郵便物を受け取り、またバスにゆられて峠の茶屋に引返す途中、私のすぐとなりに、濃い茶色の被布《ひふ》を着た青白い端正の顔の、六十歳くらい、私の母とよく似た老婆がしゃんと坐《すわ》っていて、女車掌が、思い出したように、みなさん、きょうは富士がよく見えますね、と説明ともつかず、また自分ひとりの詠嘆《えいたん》ともつかぬ言葉を、突然言い出して、リュックサックしょった若いサラリイマンや、大きい日本髪ゆって、口もとを大事にハンケチでおおいかくし、絹物まとった芸者風の女など、からだをねじ曲げ、一せいに車窓から首を出して、いまさらのごとく、その変哲《へんてつ》もない三角の山を眺めては、やあ、とか、まあ、とか間抜けた嘆声を発して、車内はひとしきり、ざわめいた。けれども、私のとなりの御隠居は、胸に深い憂悶《ゆうもん》でもあるのか、他の遊覧客とちがって、富士には一瞥《いちべつ》も与えず、かえ

って富士と反対側の、山路に沿った断崖をじっと見つめて、私にはその様が、からだがしびれるほど快く感ぜられ、私もまた、富士なんか、あんな俗な山、見度《みた》くもないという、高尚な虚無の心を、その老婆に見せてやりたく思って、あなたのお苦しみ、わびしさ、みなよくわかる、と頼まれもせぬのに、共鳴の素振りを見せてあげたく、老婆に甘えかかるように、そっとすり寄って、老婆とおなじ姿勢で、ぼんやり崖の方を、眺めてやった。

老婆も何かしら、私に安心していたところがあったのだろう、ぼんやりひとこと、

「おや、月見草《つきみそう》。」

そう言って、細い指でもって、路傍《ろぼう》の一箇所をゆびさした。さっと、バスは過ぎてゆき、私の目には、いま、ちらとひとめ見た黄金色の月見草の花ひとつ、花弁もあざやかに消えず残った。

三七七八米の富士の山と、立派に相対峙《あいたいじ》し、みじんもゆるがず、なんと言うのか、金剛力草《こんぼうりき》とでも言いたいくらい、けなげにすっくと立っていたあの月見草は、よかった。富士には、月見草がよく似合う。

『富嶽百景』

この場面も太宰らしい感覚に満ちあふれています。

バスの中で、誰もがいっせいに富士を見ているのに対して、一人の老婆だけが反対側を見ています。

そして、老婆が言ったひとこと。

「おや、月見草。」

「私」はこの一言に感動するのですが、ここに太宰らしさと同時に、どんなに苦しくても、つらくても懸命に生きていこうという、太宰の強い意志が読み取れます。

小さな月見草は、三七七八メートルの富士に対して、けなげにもすくっと対峙しています。

太宰は世間とか強い者、権力のあるものにではなく、いつもか弱いもの、虐げられたものにそっと寄り添い、共に傷ついていくのです。

若い頃、共産党活動に身を投じたことも、小山初代を救い出そうとしたことも、貧しい画家の夫を持ったカフェの女給と心中したことも、どれも私には太宰の変わらない思いが読み取れます。

太宰は自分ほど苦しんだ人間はいないといいます。

魂は傷つき、ぼろぼろになり、そのどん底の果てに、ようやくその魂は再生されようとしているのです。

太宰は月見草として、どんなに小さくとも富士に対峙するように生きようと思ったのでしょうか。

少なくとも、ここには『晩年』とは異なる太宰の覚悟が読み取れるのです。

心をつかむフレーズ

三七七八米の富士の山と、立派に相対峙し、みじんもゆるがず、なんと言うのか、金剛力草とでも言いたいくらい、けなげにすっくと立っていたあの月見草は、よかった。富士には、月見草がよく似合う。

太宰文学最大の謎とは?

石原美知子との結婚以後、太宰は生まれ変わったように精力的に作品を書き続けます。

『富嶽百景』(一九三九年)、『女生徒』(一九三九年)、『走れメロス』(一九四〇年)、『駆込み訴え』(一九四〇年)、『右大臣実朝《うだいじんさねとも》』(一九四三年)、『津軽』(一九四四年)、『御伽草子《おとぎぞうし》』(一九四五年)など、その作品群は前期作品と比べて健康的で、しかも様々な文体を駆使した、バラエティに富んだものとなっています。これらの作品を中期作品と位置づけることができます。

一方家庭においては、良き夫、良き父親を演じます。おそらく井伏鱒二に提出した誓約書が彼を縛っていたのでしょうし、そして、戦時中ということもあって、命がけで家族を守らなければならなかったからでしょう。

ところが、戦後は一転して、太宰は結婚前以上に退廃的な生活をおくることになります。そして、最後は山崎富栄（一九一九～四八）と玉川上水で心中してしまうのです。

では、戦時中のあの健康的で、生きる明確な意志を示したようなあの作品群は一体何だったのでしょう。

そこに太宰治最大の謎が潜んでいるように思えます。

さて、石原美知子と結婚する時に、井伏鱒二に宛てた誓約書に、次のような一文があります。

「結婚というものの本義を知りました。結婚は、家庭は、努力であると思います。厳粛な、努力であると信じます」

この努力とは何を意味するのでしょうか。

太宰は子供の頃から道化を演じてきました。道化とは本音を隠し、演技をすることであり、演技とは悪く言えば人を欺すことに他なりません。

戦争中は家族を守らなければならないという、極度の緊張状態を強いられていました。その中で、太宰はひたすら家庭の中でも演技をし続けたのかもしれません。

まさに結婚とは厳粛な努力であり、太宰にとってそれは愛していなくても、いかに愛している振りをし続けるか、だったのです。

そして、戦争が終わり、極度の緊張状態が解けた時、太宰はもはやかつてのように演技をし続けることができなくなったのかもしれません。

もしかすると、太宰は実生活においても懸命に演技をし続ける役者だったのかもしれません。まさに道化師、つまり、〝お笑い芸人〟だったのです。

演じるということは、周囲の人、大切な人を欺し続けることです。だから、うまく演じれば演じるほど、太宰の中の罪悪感は底知れず深くなり、そして、やがては自己破滅をするしかなくなっていきます。

また、芸術家はどれほど残酷な場面でも、それを描写できることに強烈な歓喜を感じています。

この点では、芥川龍之介と共通のものを感じます。

芥川龍之介も、『地獄変』の中で、愛する娘が生きながら燃やされ、悶《もだ》え苦しんでいくのを見て、恍惚《こうこつ》となって無我夢中でその場面を描く絵師を登場させています。

果たして、芸術家とはこのように悪魔的なものなのでしょうか?

実は、芸術家は悲惨な現場を眺め、それを冷静に書き留めながらも、実はひそかに自らの心臓を破っているのです。

心臓を破りながらも、それでもそれを観察し、表現せざるを得ないのが芸術家というものでしょう。

第7章

出口 汪×齋藤 孝
なぜ芥川と太宰はすごいのか？

撮影：有高唯之

齋藤 孝……さいとう・たかし
1960年静岡県生まれ。東京大学法学部卒業。
同大学大学院教育学研究科博士課程を経て、現在、明治大学文学部教授。専門は教育学、身体論、コミュニケーション論。
著書に『声に出して読みたい日本語』（草思社文庫、毎日出版文化賞特別賞受賞）、『身体感覚を取り戻す』（NHKブックス、新潮学芸賞受賞）、『読書力』『コミュニケーション力』（岩波新書）、『「疲れない身体」をつくる本』（PHP研究所）等多数。

芥川作品の影響がうかがえる『火花』

出口　又吉直樹さんの『火花』はお読みになりましたか。

齋藤　はい。

出口　かなり芥川龍之介の文体から学んだ痕跡が感じ取れます。とくに前半は芥川を意識したような文章がけっこう多いのですね。漢語をたくさん使ったりして、いわゆる文学的な表現を多用しています。この本でも書きましたが、芥川の『或阿呆の一生』という死後に発表された作品の中に、「火花」という1章があるのですが、たぶんかなりそのイメージがあって書いたんじゃないかなという気がします。

芥川の「火花」には、雨が降っているとき、架空線という電線のようなものから火花がちらっと見えて、その紫の光が本当に美しくて、自分の命と引き換えにしてもそれが欲しかったと書いてあるのです。

齋藤　そういう意味では、タイトルからも芥川へのオマージュを感じますね。

出口　そうですね。自分の体験があって、なおかつ芥川を読む中でいろいろなヒントをもらったのじゃないかなという気がします。

齋藤　なるほど。芥川の文体というのは非常に丁寧に彫琢《ちょうたく》されていて、基本的にとても品よくまとまっている。しかし、その品がよい中にも、何かを求めてやまない業《ごう》の炎のようなものが燃えています。やっぱり芸術というものには、つくっている人を内側から焼き殺してしまうような怖さがありますよね。

出口　そうですね。たぶん又吉さんにとっての「漫才」というのは、彼にとっての芸術に近いものなのではないでしょうか。

齋藤　芸術は追求していくと際限がない。その中で、自分のやっていることを理解してもらえないという孤独感があると思うんですよ。でも芥川の場合には漱石がいて、芥川を非常に評価してくれて、それがある時期まで芥川の支えになった。非常に強い師弟関係があったんですね。ですから師弟関係というものは重要ですよ。芸術を一人で追求していくのは、いくらなんでもきつい。でも仮に普通の人にはわかってもらえなくても、本当に眼力のある人に認めてもらえればそれでいいという思いが、芥川にもあったのだろうと思いますね。

出口　でも『火花』の登場人物たちは、誰にも認めてもらえない。

齋藤　そうですよね。誰かが認めてくれれば、この人は天才だってわかるのに、誰も認めてくれないもどかしさ。そこにいまの二〇代の人が、感じるところがあるのではないでしょうか。

出口　そうですね。若い人はたいていい「不遇」という気持ちを抱えていますから、おそらくそのあたりでかなり共鳴されたのでしょう。

太宰の本当の魅力がわかるのは歳をとってから？

出口　齋藤先生は芥川を何歳くらいで読まれましたか。

齋藤　ちゃんと読んだのは高校生ですね。『蜘蛛《くも》の糸』は小学生くらいかもしれませんけど。

出口　太宰治もそのくらいの時ですか。

齋藤　そうですね、どちらも高校一年か二年くらいですね。

出口　いま読むのと、受け取り方は違いますか。

齋藤　特に太宰は高校生の時よりももう少し時間がたって、三〇代とか、結婚した後のほうがわかる部分があります。一方芥川は、私自身が結婚したかしないかということとあまり関係なく味わえる作品だと思います。そういう意味では純度の高い芸術性だと思うのですけれども、太宰のほうは結婚したり子供ができたりしてから、『ヴィヨンの妻』などを読むと、「生活ってそういうものだよなあ」と思う。そういう意味で太宰のほうが年齢とともに感じ方が変わりましたね。

出口　それはおもしろいと思います。というのは、今の若い人は文学は読まないのかもしれないけれど、僕らの時代は「太宰は〝はしか〟だ」と言われたのですね。つまり思春期の読者はのめり込むように共感して太宰と一体化するけれど、大人になって社会に出たら、はしかが治るように、もう二度と振り向かなくなるというパターンが多かったのです。

僕は太宰を読み始めたのが遅くて、大学に入ってからです。でもそれがよかった部分もある。というのは、客観視できるんですよ。恐らく思春期に太宰を読んだ人は、太宰の自己陶酔的なものに寄り添って自分もカタルシスを感じるような読み方でしょう。だから

大人になると卒業してしまうのだけど、太宰は本当に自分の人生から文章を紡いでいるわけですから、そうなるとある程度の人生経験がないと本当にはわからないし、なおかつ太宰というのはいろいろなところに仕掛けをしているのですね。ある程度客観視しないとその仕掛けが見えてこないから、おもしろみの半分もわからない。

そういう意味では、ある程度の経験を積んで読解力も身につけてから読んだほうが、太宰はより深くわかるのではないか。そうでないと、誤解したまま終わってしまうのではないかという気がします。

齋藤　確かにそう言われてみると、太宰が青春時代の読み物かというと、もう少し後ろのような感じがしますね。人生経験がないとわからない。本当に太宰のよさがわかるのは、おそらく一〇代とか二〇代前半よりは、もうちょっと後ろかなと思いますね。

出口　逆に言うと芥川は、中学・高校の勉強のできる子が読むとおもしろく感じると思います。本当にわかるかわからないかは別にして。

僕は芥川の初期の『地獄変』なども好きですが、一番ひかれるのは晩年の『蜃気楼《しんきろう》』とか『歯車』とか『或阿呆の一生』などの、ストーリーのない、本当に神経だけで書いた小説です。あの文体というのは本当に文学の最高峰の一つだと思いますね。

齋藤　一回、文体を精緻に極めた人間が、題材を捨てて、ある意味、覚悟を決めてなりふり構わず始めたものですからね。確かに芥川は、「恥部をさらさないじゃないか」という批判に対して、「恥部さえさらせばいいのか、そういうことじゃないだろう」と反論しつつも、やっぱりどこかで自分というものを出し切らなければ、今までの枠を突破できないという、〃もがき〃があったのだと思います。

出口　そうですね。芥川は遺書として、最後の『歯車』『或阿呆の一生』を書いたわけですが、ところが自殺を決意して書いているのに、実にその文章というのが象徴性を帯びた文章なのです。だから、やっぱりさらけ出していないというか、最後の最後まで飾っているのですよね。

テクニックだけでは心をつかむ文章は書けない

出口　芥川が行き詰まったのは、芥川は漱石の弟子ですから、漱石同様、知識人に向けてずっと小説を書いていたこともあったのかもしれません。その友達の菊池寛は逆にどちらかというとビジネスマンであって、文藝春秋という出版社をつくって芥川賞を制定した。そして彼は出版社の社長兼作家として、大衆に向けてベストセラーを書いていくのですね。

そこで二人の道は分かれていって、芥川は自殺したけれども文豪として名を残し、菊地寛は小説家としては芥川ほどの評価はないけれども、芥川賞・直木賞を制定して社会的には成功したという皮肉なことになっていると思うのです。そういう意味では、読み手が誰かということは、文学の質を考える時に大きな問題です。いま文学が厳しいのは、普通の大勢の人に向けて書かないと売れないからでしょう。今、ほんのわずかの知識人に向けた文章を書いたところで、売れないから本屋さんが置いてくれません。だからやはり明治の文学と、大正の文学と、今の文学は違ってくると思うのです。

齋藤　そうですね。今の文学ということでは、『火花』は、二百何十万部か売れているそうですが、テレビを見ているお笑いのファンとか、バラエティを見ている層の人たちが、「文学というものは自分たちに遠いものではなくて、読んでみたら意外に自分たちの内面とつながるものだ」という思いを目覚めさせるきっかけになったと思います。

今はSNSが全盛ですよね。高校生など一日四〜五時間もそれに費やしている。その中では言葉というものが本当に不毛というか、海にたとえるとすべて表面上のさざ波に過ぎない。もっと深いところに何かあるはずなのに、常にさざ波のような言葉で日常がかき消されている。それに対して『火花』のほうは、深海魚のように言葉がやりとりされる。言葉の深さの次元が違う。

出口　「さざ波のような言葉」というおっしゃり方はすごくおもしろいと思います。僕は「感情語」と言っているのですが、その時その時の感情を言葉で吐き散らしているだけなのですよね。絵文字もそうです。その瞬間だけで、後には残らない。その時の感情で浮遊する言葉がまき散らされているだけ。それに対して、文学はそうではないですよね。やはり一つの世界を言語によって構築していく。仮に非常に特殊な世界を描いているとしても、その奥に人間の普遍的なものがあって、読む人を共感させずにはおかない。そういう言葉との出会いが特に今の若い人たちには必要だと思います。

私が、この本で書いているのは、「こうすればうまい文章が書けますよ」という技巧とかテクニックではないのです。人の心をつかもうと思ったら、技巧だけでは無理で、大事なのはその人の世界の捉え方でしょう。

齋藤　そうですよね。

出口　あるいは、美しいものを美しいと感じる、深いものを深く捉えることができるような深い教養であり、その人の物の見方であり、その人の感受性です。それがないと、本当に人の心をつかむ文章は書けないと思います。

齋藤　確かに、「文体」のことを英語で「スタイル」と言いますね。スタイルというものは、移管した変形作用だと思います。世界を移管して変形する。例えば芥川が晩年、そのように世界を見たということは、芥川の世界ができあがっていたわけでそれがスタイル。ですから、世界と自分との関係、他者と自分との関係、自己と非自己との関係という三つの次元において自分なりの変形が行われた時に、スタイルと呼べると思うのですね。

出口　そうですね。

齋藤　だから、世界との関係のとらえ方が、太宰でも普通の人とはちょっと違いますよね。他者との関係も違う。そういうものが全部合わさって、例えば『駆込み訴え』みたいな作品になる。あれはイエスの一二人の弟子のうちの一人のユダと、イエスとの関係を太宰が捉え直したものですよね。それが結果的に文体としてあらわれるという感じがします。

出口　本から学んだ芥川と、実人生から言葉を紡ぎ出す太宰と、そういう意味では対極的なのですが、『駆込み訴え』でも、太宰を通すことによってユダの世界が変換されていくのですね。それによって一つの象徴性を帯びていくところがすごくおもしろい。

圧倒的な教養を持った文豪の本を読め！

出口　ただ、太宰や芥川というのは本当の天才であって、我々一般人とは違うと思います。ああいう生き方は我々にはできない。我々一般の人間は、自分でいくら文章を磨こうと思って書いても、そんなに変わらないのですね。所詮は自分の価値観や世界観、自分の癖で、普段書いている文章を繰り返し書いているだけであって、多少はうまくなってもそれほど変わらない。

本当にそれを変えようと思ったら、

それこそいろいろな名作、名文をどんどん読んで取り入れていかないと、自分の捉え方とか言語感覚のようなものは変わってこないのです。

齋藤　たくさん読んで、いろいろな人の文体が自分の中に入ってごちゃごちゃになって、それで絞り出てくるのが表現なのでしょうね。

出口　齋藤先生もたくさんの本を出されていますが、やっぱり文章はいろいろな本を読むことによってできあがってくるのでしょうね。

齋藤　やはり書く量の何百倍も読んで、初めて出てくるものだと思います。いわゆる文豪と呼ばれる人たちは、漱石・鷗外にしても、谷崎、三島、川端、みな圧倒的な知性ですよね。その圧倒的な知性が書いたものを私たちが味わっているわけです。でも時代が変わって、作家はいまや誰でも参入可能なマーケットになった。それはそれでよさがあると思うのですが、日本の文学史をみると、ある時期まで、昭和の頃にはまだ文豪という存在がみんなのなかにあったのですね。

出口　そうですね。だいたい大正の二〜三年くらいまでは鷗外や漱石、芥川とかが生きていましたよね。

齋藤　そういう日本人にとっての癖のある日本人の教師というか、圧倒的な教養があってすごい存在感で、その人たちが何か言うと影響があって、芸術家でもあるという存在が何人かいた。それが一種、政治・経済とは違う、世界の厚みをつくっていたと思うのです。今でもわが国には世界的な作家として、村上春樹さんなどがいらっしゃると思うのですが、もっと多いといいですね。そういうすごい山脈のような文豪がいたのだということを若い人にも知ってもらって、財産を引き継いでほしいですね。

出口　本当に心をつかむような文章を書こうと思ったら、そういう圧倒的な教養を持った文豪の本を読むということは必要だと思います。

齋藤　ビジネスをやりたいと思っている人も、基本的な下地としての人間性の豊かさ、器の大きさを持続的に培っていくために、ごく普通に文学を読んでもいいんじゃないかなと思うんですよね。行き帰りの列車で『カラマーゾフの兄弟』を読みながら通勤するということがあってもいい。仕事をしていく上で意識の厚みができるように思いますけどね。

出口　そうですよね。昔は文章を書くのは手書きでした。手書きということは、特定の誰かに文章を書くということです。それに対して今は全部、電子情報ですよね。電子情報というのは、読み手が誰かわからないわけです。メールだって転送されるかもしれないし、フェイスブックも誰が見ているかわからない。ということは、不特定多数に向けて情報を発信していくわけです。となると、そこで多くの人の心をつかむような文章を書けるかどうかが勝負になってくると思うのですよね。だから僕は、これから誰もが小説家的なものを持っておく必要があるし、それを持っている人が世の中で成功すると思います。

そのためには、本当に圧倒的な教養とかそういう世界観を持った人の文章に浸かってみたほうがいい。全然深さが違ってきますよ。そういう教養を持っていない人がビジネスをやっても、僕はこれからの時代にはうまくいかないのではないかと思います。

齋藤　そうですよね。そこは全体が薄っぺらになってきてしまうという感じはしますよね。

出口　その中で本当に深いものを持った人がいて、たとえ芥川や太宰ほどでなくても、それに近いような表現力を持っていたら、もう圧勝しますよ。ネット上でも、多くの人が集まってきますから。

齋藤　吸引力というのでしょうか、魅力がありますものね。

出口　だからこそ、芥川や太宰を改めて読んでほしいと思います。〈了〉

おわりに

本書は芥川龍之介と太宰治の魅力に触れ、その上で文学の面白さを発見することを意図したものです。

それればかりか、芥川、太宰を読むことで、「心をつかむ」文章術を磨くという、非常に贅沢な内容となっています。


では、なぜ芥川と太宰なのか？

私たちはいくら日々文章を書いたところで、相変わらず同じ発想、同じフレーズの繰り返しで、そこから斬新な文章が湧いてくるわけではありません。

だから、自分とは感覚の異なる、圧倒的に素晴らしい文章にどっぷり浸かることで、初めて自分の文章の中に新しい何かの芽を植え付けることができるのです。

時には気取って芥川のようなレトリックに飛んだ技巧的な文章を書いてみてくだ

さい。あるいは、太宰のようにそっと囁きかけるような告白体の文章を書いてみてください。

そのことで、あなたの感覚の錆《さび》付いた部分が、たとえ僅《わず》かでも輝きを取り戻すかもしれません。

本書がその一助となることを心から願っています。

二〇一五年八月

出口　汪

出口 汪（でぐち・ひろし）

1955年東京生まれ。関西学院大学大学院文学研究科博士課程修了。広島女学院大学客員教授、論理文章能力検定評議員、出版社「水王舎」代表取締役。現代文講師として、予備校の大教室が満員となり、受験参考書がベストセラーになるほど圧倒的な支持を得ている。また「論理力」を養成する画期的なプログラム「論理エンジン」を開発、多くの学校に採用されている。著書に『出口 汪の「最強」の記憶術』『出口のシステム現代文』『子どもの頭がグンと良くなる! 国語の力』（以上、水王舎）、『出口 汪の新日本語トレーニング』（小学館）、『日本語の練習問題』（サンマーク出版）、『出口 汪の「日本の名作」が面白いほどわかる』（講談社）、『ビジネスマンのための国語力トレーニング』（日経文庫）、『源氏物語が面白いほどわかる本』（KADOKAWA）、『王仁三郎の言霊論理力』（ヒカルランド）、『やりなおし高校国語・教科書で論理力・読解力を鍛える』（筑摩書房）など。小説に『水月』（講談社）がある。

・公式ブログ　「一日生きることは、一日進歩することでありたい」
http://www.deguchi-hiroshi.com/blog/
・オフィシャルサイト　http://deguchi-hiroshi.com/
・ツイッター　@deguchihiroshi

芥川・太宰に学ぶ　心をつかむ文章講座
名文の愉しみ方・書き方

2015年10月1日　第1刷発行

著　者　出口 汪《でぐちひろし》
発行人　出口 汪
発行所　株式会社 水王舎
東京都新宿区西新宿 6-15-1
ラ・トゥール新宿 511　〒 160-0023
電話 03-5909-8920

装　幀　福田 和雄（FUKUDA DESIGN）
本文デザイン・イラスト　桜井 勝志
編集協力　江渕 眞人（コーエン企画）

本文印刷　厚徳社
カバー印刷　歩プロセス
製本所　ナショナル製本

ISBN978-4-86470-030-6